스페셜 원

가장 특별한 감독

스페셜 원: 가장 특별한 감독 5

스틸펜 장편소설

초판 1쇄 찍은 날 § 2020년 1월 21일
초판 1쇄 펴낸 날 § 2020년 1월 28일

지은이 § 스틸펜
펴낸이 § 서경석

총괄팀장 § 노종아
편집책임 § 박현성
디자인 § 소소연

펴낸곳 § 도서출판 청어람
등록번호 § 제387-1999-000006호
등록일자 § 1999. 5. 31
어람번호 § 제1-3078호

주소 § 경기도 부천시 부일로 483번길 40 서경B/D 3F (우) 14640
전화 § 032-656-4452 팩스 § 032-656-4453
http://www.chungeoram.com
E-mail § chungeorambook@daum.net

ISBN 979-11-04-92120-9 04810
ISBN 979-11-04-92074-5 (세트)

스페셜 원

가장 특별한 감독

5

스틸펜 장편소설

FUSION FANTASTIC STORY

스페셜 원

가장 특별한 감독

CONTENTS

27 ROUND
지옥의 3연전 II

바이에른 뮌헨은 이전처럼 공격적으로 나서지 않고 조심스레 공을 돌렸다.

두 골 차이와 한 골 차이는 크다.

추격자로선 이제 한 골만 더 넣으면 동점이고, 쫓기는 입장에선 겨우 한 점 차이일 뿐.

그 심리적인 느낌이 크게 달랐다.

그랬기에 바이에른은 안정적인 운영을 취하며 경기를 여유롭게 풀어갔다. 어차피 이기고 있는 것은 그들이다. 흔들릴 이유가 없다.

—또다시 보아텡이 노이어에게 패스를 보내는군요.

몇 분 전에도 비슷한 소릴 했던 중계진이 말끝을 흐렸다. 딱히 더 할 말이 없었던 것이다.

라이프치히는 라인을 올려 압박을 시도했고, 볼을 돌리던 바이에른은 역습 찬스가 나올 때까지 백패스를 보냈다.

미드필더에서 풀백, 풀백에서 센터백, 센터백에서 골키퍼까지.

라이프치히의 조직력은 굉장히 좋았다. 그런 압박을 피하기 위해 뒤로 보내진 백패스가 어느새 맨 뒤에 있던 노이어에게까지 전해졌다.

이렇게 볼을 돌리는 일이 많아지자 원지석이 뚱한 표정으로 어깨를 으쓱였다.

너희가 그렇게 말하던 전통이 이런 거냐?

그렇게 비꼬는 느낌이 강한 제스처가 중계 카메라를 통해 그대로 잡혔다.

—하하, 원지석 감독이 할 말이 많은 거 같네요.

—바로 전에 있던 리그 경기에서 비슷한 경기 운영을 했다가 어마어마한 욕을 먹었으니까요. 그에 대한 퍼포먼스인 거

같군요.

그런 불만을 바이에른이 신경 쓸 리가 없다. 그때의 라이프치히처럼 필요에 의한 행동이었으니.

결국, 바이에른의 이러한 노력은 헛되지 않아 전반전이 끝나도록 골은 터지지 않았다.

삐이익!

지루한 전반전을 끝내는 휘슬이 울렸다.

라커 룸에 돌아가던 원지석과 하인케스의 눈이 마주쳤다. 혼잡하던 사람들 속에서 둘의 걸음이 잠시 멈추었다.

"꼭 이길 겁니다."

"할 수 있으면."

원지석의 도전적인 눈을 보며 하인케스가 씨익 웃었다. 젊은 녀석의 패기가 퍽 마음에 든다는 듯.

라커 룸에 들어가고 얼마 지나지 않아 모든 선수들이 모였다. 그들은 말없이 스포츠 드링크를 마시며 원지석을 보았다.

"걔들 엉덩이 뒤로 뺀 거 봤지?"

거칠게 풀은 넥타이를 주머니에 대충 쑤신 원지석이 말을 이었다.

"뛰면서 느꼈을 거야. 저 새끼들 저거 그렇게 겁먹을 필요 없는 놈들이란 걸."

1차전에서 당한 압도적인 패배는 쇼크에 가까웠다. 그동안의 자존심이 모두 물거품처럼 사라질 정도로.

만약 다음 맞대결까지 시간이 넉넉했다면 모르겠지만, 연달아 이어진 3연전은 멘탈을 추스르기엔 촉박한 시간이다.

그랬기에 원지석은 충격을 많이 받았던 선수들에게 휴식을 주었다. 체력만이 아니라 멘탈적으로도 안정을 주기 위해.

이어지는 리그 경기에서도 명단에서 빠진 자들은 관중석에 앉아 경기를 지켜보았다. 멘탈을 추스를 수 없다면 더욱 강하게 몰아쳐서 이겨내야 한다.

그는 처참했던 순간들을 자료로 만들어 선수들에게 반복해서 보여주었다.

그리고 실수가 일어나지 않도록 훈련했다.

다시는 이런 일이 없도록.

이번 전반전에서 빠른 골이 터진 것은 굉장한 행운이었다. 이후 계속해서 몰아치며 자신감을 빠르게 회복했으니까.

"이대로만 하면 결과는 자연스레 따라올 거다."

그들은 충분히 잘하고 있었다.

바이에른이 공을 계속해서 돌린 게 그 증거였다.

그들은 절대 만만한 팀이 아니다. 전술적으로 밀리면 선수들의 개인 능력으로 얼마든지 역습을 할 수 있는 팀이었지.

"저쪽도 동점이 되기 전까지는 지금처럼 조심스러울 거야.

그러니 골을 넣기도 전에 쫄 필요는 없어."

짜악!

박수를 한 번 친 원지석이 라커 룸의 분위기를 환기시켰다.

"할 수 있다. 너네가 최고니까."

*　　　　*　　　　*

—원지석 감독의 분위기가 바뀐 거 같습니다. 굉장히 날이 서 있네요.

중계 카메라가 라이프치히 쪽 터치라인을 잡았다.

그 말처럼 전반전과는 다른 분위기의 원지석이 날카로운 눈으로 경기장을 지켜보는 모습이 보였다.

—라이프치히에게는 이제부터 일분일초가 매우 중요할 때니까요. 눈을 뗄 수 없는 상황이죠.

평소 장난스러운 분위기의 케빈 역시 입을 꾹 다물고 경기를 지켜보았다.

삐이익!

후반전을 알리는 휘슬 소리와 함께 양 팀 선수들이 달렸다.

선축으로 공을 먼저 소유한 라이프치히는 공을 곧장 앞으로 보내며 공격을 시도했다.

베르너가 수비 라인을 깨기 위해 어슬렁거린다면, 자비처가 좀 더 처진 위치에서 공을 받기 위해 움직인다.

그 밑의 미드필더들은 베르너를 향해 다이렉트로 패스를 보내거나 자비처와 공을 주고받으며 경기를 풀어갔다.

왼쪽 윙어로 나온 포르스베리가 측면을 슬슬 달리다 기회를 보고선 강력한 얼리크로스를 올렸다.

바이에른의 선수들을 지나치며 페널티에어리어를 향해 휘어진 크로스.

좋은 위치 선정으로 헤딩에 일가견이 있는 베르너가 골 냄새를 맡았는지, 재빠르게 몸을 날리며 공의 방향을 바꾸었다.

—베르너의 다이빙헤딩 슛! 아아! 훔멜스가 몸을 날리며 헤딩으로 막아냅니다!

—두 선수 모두 정확한 헤딩을 보여주는군요!

땅에 한 번 튕긴 공은 노이어의 손을 지나치며 그대로 골문을 향해 들어갈 듯싶었지만, 갑자기 나타난 훔멜스가 몸을 던지는 다이빙헤딩으로 공을 걷어낸 것이다.

순간 잔디에 누운 베르너와 훔멜스의 눈이 마주쳤다.

홈멜스가 씨익 웃으며 손가락을 까딱거리자 베르너가 얼굴을 구겼다.

"개새끼가."

벌떡 일어난 베르너는 곧바로 코너킥 준비를 위해 몸을 일으켰다.

이후에도 라이프치히는 계속해서 공격을 퍼부었지만 좀처럼 골은 터지지 않았다.

—또다시 라인을 깬 베르너! 하지만 막힙니다!

—오늘 베르너는 1차전의 베르너와 완전히 다른 선수네요! 아주 좋은 움직임이에요!

라이프치히 선수들은 1차전과 비교해서 전혀 다른 퍼포먼스를 뽐냈다. 그중에서도 베르너의 움직임이 눈에 띄었다.

오늘 그는 라인 브레이킹이 무엇인지 관중들에게 알려주듯 바이에른의 수비진을 무너뜨렸다.

만약 노이어의 신들린 선방이나, 베르너를 포함한 라이프치히 선수들의 실수가 아니었다면 이미 몇 골은 들어갔을 정도로.

결국 중요한 것은 골이었다.

후반 58분.

고대하던 골이 드디어 터졌다.

—자비처어어어! 두 번째 골을 터뜨리는 마르셀 자비처의 동점 고오오올!

—아주 계획적인 프리킥이었습니다!

하비 마르티네스의 반칙으로 페널티에어리어 근처에서 프리킥을 얻은 상황.

키커로는 포르스베리와 자비처가 섰다.

포르스베리는 직접 킥을 하는 대신 공을 옆으로 흘렸고, 이를 뒤에서 뛰어오던 자비처가 정확한 슈팅 각도를 만들며 골 망을 흔들었다.

공을 가지고 돌아가던 자비처가 카메라를 향해 손가락 두 개를 폈다.

두 골.

종합 스코어로는 2 : 2.

이제 동점이다.

우려하던 상황이 터지자 바이에른 역시 엉덩이를 올리며 라이프치히의 골문을 노렸다.

어차피 이곳은 바이에른의 홈인 알리안츠 아레나다. 그들이 유리한 것은 변하지 않았다.

바이에른의 팬들 역시 크게 소리치며 선수들을 응원했다. 동점이면 어떤가. 그들은 결국 뮌헨이 이길 거라는 굳은 믿음을 가지고 있었다.

황소는 멈추지 않는다!

그런 홈 팬들에게 지지 않겠다는 듯 라이프치히의 원정 팬들 역시 플래카드를 펴며 목청이 터져라 소리쳤다.

"다들 정신 똑바로 차려!"

원지석은 분위기가 바뀐 경기를 보며 선수들을 일깨웠다. 손짓으로 직접 라인을 잡아주기도 했다.

처음엔 움찔했던 라이프치히 선수들도 다시 조직력을 회복하며 바이에른의 공격을 틀어막았다.

물을 가두었던 둑이 터지듯 공격적인 두 팀이 만나니 슈팅의 숫자도 확연히 늘어날 정도였다.

다시 기회가 찾아왔다.

이번에 그 기회를 잡은 것은 라이프치히였다.

하프라인에서 뎀메, 포르스베리와 공을 돌리던 세리가 오프사이드트랩을 깨려던 베르너를 발견하고, 곧바로 로빙 스루패스를 올린 것이다.

너무나 갑작스러웠던 패스.

공을 보던 바이에른의 수비진들은 뒤늦게 수비라인을 깬 베르너의 존재를 눈치챘지만 이미 늦었다.

—세리가 높은 패스를… 아, 아아! 공을 터치하는 베르너! 베르너어어!!

베르너는 발을 들며 떨어지는 공을 받아냈다. 나쁘지 않은 퍼스트 터치. 살짝 튕긴 공은 슈팅을 하기 딱 좋은 높이로 떠올랐다.

노이어를 비롯한 바이에른의 수비수들이 베르너를 향해 매우 빠른 속도로 달렸다.

이윽고 훔멜스의 강한 태클에 베르너가 쓰러졌지만, 공은 이미 골 망을 강하게 출렁인 뒤였다.

—고오오오올! 기어코 골을 만드는 티모 베르너! 이걸로 라이프치히의 역전입니다!

와아아!

베르너가 환호하는 원정 팬들에게 달려가 어퍼컷 셀레브레이션을 펼쳤다.

0 : 3

종합 스코어로는 2 : 3.

설마설마하던 역전이 정말 일어나자 중계진들이 목이 쉴

듯 크게 소리를 질렀다. 물론 바이에른도 가만히 당하고만 있지 않았다.

—곧바로 골을 넣는 레반도프스키! 바이에른 역시 아직 경기가 끝나지 않았다는 걸 알립니다!

몇 분 지나지 않아 리베리의 크로스를 헤딩으로 연결한 레반도프스키가 골을 넣은 것이다.

레반도프스키는 바로 공을 가져가며 그들 역시 역전에 성공할 수 있다는 의지를 불태웠다.

1 : 3.

종합 스코어는 3 : 3.

—이제 똑같은 3 : 3이지만, 원정골 우선 원칙에 의해 아직 라이프치히가 유리한 상황입니다.

바이에른 뮌헨은 1차전에서 두 개의 원정골을 넣었다. 하지만 라이프치히는 세 개의 원정골을 넣은 만큼 승리하기 위해선 한 골이 더 필요한 상황.

이러다 보니 전반전과는 정반대의 모습으로 경기가 흘렀다.

서두를 이유가 없는 라이프치히는 천천히 공을 돌렸고, 바이에른은 필사적으로 압박을 하며 공격을 하려 했다.

우우우!

알리안츠 아레나의 관중들이 라이프치히에게 야유를 퍼부었다. 물론 원지석은 어깨를 으쓱이며 무시했지만.

경기는 계속해서 흘렀다.

74분.

변화는 그때부터 찾아왔다.

바이에른 선수들의 움직임이 눈에 띄게 무뎌졌기 때문이다. 슬슬 체력적인 압박이 가장 심할 때였다.

거기다 그들은 1차전부터 지금까지 3연전을 내리 뛰었다. 중간중간 교체로 체력적인 안배를 해줬다 하더라도 그 한계가 있게 마련.

"허억, 허억!"

특히 팀의 공격을 책임지던 코망의 방전이 가장 큰 타격이라 할 수 있었다.

"한 골!"

바이에른에겐 경기를 뒤집을 한 골.

라이프치히에겐 경기를 끝내 버릴 한 골.

그들에게 필요한 것은 단 한 골이었다.

80분.

바이에른의 슈팅이 라이프치히의 골문을 때렸다. 만약 더 안쪽으로 향했으면 꼼짝없이 먹혔을 슈팅이었다.

85분.

라이프치히는 극단적인 수비에 나섰다.

교체 카드를 통해 브루마를 빼고 센터백인 오르반을 투입했으며, 자비처를 빼고 수비형미드필더로 일잔커를 넣으며 수비를 강화시켰다.

기동력이 떨어지고 지친 바이에른은 효율적인 공격을 위해 라인을 점점 올렸다.

빈자리는 어쩔 수 없다. 그라운드의 반을 커버하는 노이어를 믿는 수밖에.

90분.

추가시간은 3분.

그리고 92분.

결국 노이어까지 페널티에어리어를 벗어나며 후방 플레이메이킹을 도왔다.

그때 중원 싸움을 하다 튕긴 공이 바이에른의 진영으로 흘렀다.

노이어는 그 공을 멀리 보냈고, 다른 선수들이 지쳐하는 사이 오르반이 먼저 공을 차지하는 데 성공했다.

'비어 있잖아.'

공을 잡은 오르반의 눈이 이채를 띠었다. 하프라인 근처까지 나온 노이어와 텅 빈 골대가 보였다.

순간 슈팅을 잘하는 선수에게 공을 넘길까 싶었지만, 어차피 시간은 1분도 남지 않은 상황.

'어차피 시간만 끌면 돼!'

쾅!

걷어내려는 의지가 강한 슈팅은 운 좋게도 바이에른의 골문을 향해 날아갔다.

자신의 머리 위로 날아가는 공을 보며 노이어가 굉장히 빠른 속도로 골문을 향해 뛰었다.

—노이어! 노이어가 굉장히 빠른 속도로 복귀합니다!

포물선을 그리던 공이 골문을 향해 떨어지는 것과 노이어가 복귀한 것도 거의 동시였다.

노이어가 손을 뻗었다.

모든 사람들이 눈을 크게 떴다.

마치 그 순간만 시간이 멈춘 것처럼.

—고, 고오오올! 추가시간에 한 골을 더 추가한 라이프치히! 그 주인공은 팀의 주장인 오르반입니다!

공이 골라인을 넘는 것과 동시에 알리안츠 아레나가 침묵에 빠졌다.

와아아아!!

라이프치히 선수들이 오르반을 카메라 앞까지 데려가고선 등을 보이게 했다. 그리고 그 유니폼에 새겨진 이름을 가리켰다.

빌리 오르반.

그 이름은 중계 카메라를 통해 사람들에게 똑똑히 보여졌다.

공은 다시 하프라인 정중앙에 놓였지만 이미 추가시간을 훌쩍 넘긴 상황.

레반도프스키가 공을 툭 건드는 것과 함께 주심이 휘슬을 불었다. 경기 종료를 알리는 신호였다.

경기가 끝났다.

경기 결과는 1 : 4, 종합 스코어는 3 : 4.

최후의 승자는 라이프치히였다.

* * *

"으아아아!"

쐐기 골을 넣은 오르반이 유니폼을 벗으며 미친 듯이 소리를 질렀다.

1차전 패배의 원흉으로 꼽히며 내심 마음고생이 심했던 모양이었다. 오늘 선발이 아닌 이유도 그걸 고려한 원지석의 판단이었고.

오르반은 먼 길을 함께한 원정 팬들에게 다가가 유니폼을 선물했다.

유니폼을 받은 어린아이는 활짝 웃으며 부모님과 기쁨을 나누었다.

소중한 추억이 생긴 아이는 오늘의 기억을 절대 잊지 못할 것이다. 이렇게 세대를 거친 팬들은 팀을 지탱하는 거대한 힘이 되어준다.

다른 선수들도 팬들에게 유니폼을 선물하거나, 혹은 바이에른의 선수들과 교환하고 있을 때.

원지석은 하인케스와 인사를 나누고 있었다.

"말했었죠. 우리가 이긴다고."

"허허."

하인케스가 쓴웃음을 지었다.

설마 이런 역전이 일어날 줄 누가 알았겠는가.

'아쉬워.'

노인이 쩝 하고 입맛을 다셨다.

그는 이번 시즌을 마지막으로 바이에른의 지휘봉을 내려놓는다.

은퇴를 한 번 번복하며 돌아왔던 만큼, 이제는 축구계에 돌아오지 않을 가능성이 컸다.

'이대로 은퇴하면 영 찝찝한데.'

적어도 눈앞의 녀석을 깔끔하게 이긴 뒤 물러나고 싶었다. 기회는 있다. 챔피언스리그에선 떨어졌다지만 분데스리가에선 아직 역전 우승의 기회가 남았으니까.

노인은 실로 오랜만에 피가 끓는 것을 느꼈다.

"이 나이에 나도 참, 주책이군."

"……?"

"아무것도 아니네. 그러면 다음에 또 보지. 그라운드든, 멋들어진 정원이든, 어디에서든."

적대적인 감독이 아닌.

그저 축구인으로서 만나자는 말에 원지석이 웃으며 고개를 끄덕였다.

"기다리고 있겠습니다."

하인케스가 떠났다.

노인의 뒷모습을 물끄러미 보던 원지석이 자신의 손을 내려다보았다.

땀으로 축축했다. 그 역시 이번 경기에 꽤나 많은 심력을 소모했다.

3연전의 압박감은 선수들만 느낀 게 아니다. 감독인 그 역시 누구보다 큰 압박감을 가지고 있었다.

사람들의 말처럼 이런 역전극은 흔하지 않다. 그 적은 확률을 만들어내기 위해 무엇을 해야 하는지 고민하고, 실행해야 한다.

"뒤집어서 다행이지."

원지석이 한숨을 쉬었다.

그만큼 뜨거웠던 경기였다.

압박감마저 재미있게 느껴질 정도로.

이번 경기에서 느낀 게 하나 있다면 하인케스를 꼽을 수 있었다.

하인케스는 자신의 황혼을 불태우는 노장이었다. 그 노련한 경기 운영은 원지석에게 새로운 느낌마저 줄 정도였다.

문득 자신과 이야기를 나누었던 퍼거슨이 떠올랐다.

'아쉬워.'

원지석이 감독으로 데뷔했을 때 퍼거슨은 이미 은퇴한 뒤였다. 그랬기에 그라운드에서 붙어본 적이 없었다.

얼마나 대단했을까.

승부욕이 꿈틀거렸다.

그 사람과 맞붙고 싶다는 감정. 그리고 이기고 싶다는 호승심. 이런 감정은 무리뉴 이후 처음이었다.

당시 그는 무리뉴를 이기고 싶다는 마음에 감독이 되었다. 그러나 퍼거슨을 비롯한 그 시절의 명장들은 이제는 겨룰 수 없는 사람들이다.

그 사실이 못내 아쉬웠다.

"저저, 미친놈 저거."

걸음을 옮기던 케빈이 멍하니 있던 원지석을 발견하곤 중얼거렸다.

쓰읍 하며 그가 손에 들고 있던 에너지 드링크를 다시 주머니에 넣었다. 어차피 지금 줘봤자 마시지도 않을 테니.

"내가 광인이라고?"

언젠가 잉글랜드 언론이 붙여준 별명은 계속해서 케빈을 따라붙었다. 하지만 그는 아직까지 그 별명에 동의를 하지 못하고 있었다.

아무리 봐도 광인이라는 별명은, 저기 있는 저 녀석이 더 어울렸으니까.

* * *

「[키커] 3연전의 최종 승자, 라이프치히」

「[빌트] 판세를 뒤집다!」

라이프치히는 앞서 두 경기를 패배와 무승부로 거두며 매우 불안정한 스타트를 끊었다.

하지만 마지막 세 번째 경기에서 역전에 성공함에 따라 결과적으로 최종적인 승자라 볼 수 있었다.

분데스리가의 선두 자리를 유지했으며, 챔피언스리그에선 바이에른을 꺾고 4강으로 올라갔다.

이에 따라 원지석 역시 바이에른 킬러라는 명성을 재확인시켰다.

「[빌트] 믿음? 아니면 고집인가?」

한편 무리한 주전 기용을 고집한 하인케스를 비판하는 사람들도 있었다.

분데스리가에서 역전 우승을 거두려면 주전이 필요한 상황인 걸 이해하는 사람이 있다면, 반대로 이해하지 못하는 사람이 있게 마련.

바이에른의 벤치에는 뛰어난 자원이 많은데 왜 핵심 선수들을 고집했냐는 거였다.

"맞아요. 모두 뛰어난 선수들입니다. 하지만 저는 확실한 승리를 원했죠."

경기가 끝나고 기자회견을 가진 하인케스는 반대로 그들에게 질문을 던졌다.

“반대로 묻는데, 만약 그 선수들을 보냈으면 이길 수 있을 거라 확신합니까?”

대답은 들려오지 않았다.

어깨를 으쓱인 그가 계속해서 말했다.

“이번 경기에 나온 선수들은 제 베스트 라인업이었습니다. 여기에 다른 선수를 포함할 수도 있고, 다른 결과가 나올 수 있겠지만, 축구에 만약이란 없죠.”

그 말대로다.

축구에 만약은 없다.

하인케스는 확실한 결과를 위해 체력적인 무리가 있더라도 최고의 라인업을 꾸렸다. 그에 따른 책임 역시 감독인 그가 짊어져야 할 문제였다.

“변명할 생각은 없습니다. 제 탓입니다. 하지만 무의미한 가정을 하기엔 라이프치히가 더 좋은 팀이었어요.”

원지석의 인터뷰 역시 별반 다르지 않았다.

그는 적장인 하인케스에게 경의를 보냈다.

“힘든 경기였습니다. 위험한 순간이 여러 번 있었죠. 선수들의 의지가 만들어낸 경기입니다.”

“현재로선 분데스리가의 왕좌는 라이프치히의 것으로 보입니다. 사상 첫 우승을 눈앞에 둔 느낌은 어떠신지?”

한 기자의 질문처럼.

라이프치히는 여태껏 분데스리가 우승이 없었다. 그렇기에 지금 이 흐름을 유지하기만 한다면 사상 첫 우승 트로피도 꿈이 아니었다.

다만 원지석은 고개를 저으며 섣부른 예상을 자제했다.

"샴페인은 트로피를 들 때 터뜨려도 늦지 않겠죠."

어차피 그들에게 남은 대회는 분데스리가와 챔피언스리그뿐이었다.

독일의 FA컵이라 할 수 있는 DFB-포칼 컵은 유소년들로 라인업을 짜다가 일찌감치 탈락했으니까.

지금이야 아쉽다고 하는 사람들이 많아도, 원지석은 자신의 선택을 후회하지 않았다.

유소년들이 1군 경기에서 뛸 기회는 한정되어 있다. 그렇기에 자신의 잠재성을 보여줄 곳으로 컵대회는 나쁘지 않은 선택이었다.

「[키커] 오늘 밤 열리는 챔피언스리그 4강 조 추첨」

현재 8강에서 올라온 승자들은 총 네 팀이다.

맨체스터 시티.

바르셀로나.

PSG.

그리고 RB 라이프치히.

지난 시즌 트레블을 이루었던 첼시는 8강에서 탈락하며 벌써부터 콘테의 경질설이 떠도는 중이었다.

바르셀로나를 제외하곤 모두 낯선 얼굴들이라 신선한 느낌이 드는 조합이었다. 다만 챔피언스리그의 흥행을 우려하는 시선 역시 존재했다.

특히 바르셀로나를 제외하곤 거대 스폰서를 끼며 갑작스레 성장한 팀들이기에 더욱 그런 시선을 받았다.

그러던 중 조 추첨이 발표되었다.

「[오피셜] RB 라이프치히, PSG와 맞붙다!」

PSG.

최근 이적 시장에서 네이마르 쇼크를 일으키며 슈퍼스타들을 수집한 팀.

프랑스 리그의 군림자인 PSG를 4강에서 맞이하게 된 라이프치히였다.

"하아."

원지석이 한숨을 쉬었다.

산 넘어 산이라더니, 벌써부터 대응 전술을 어떻게 짤지 골치가 아팠기 때문이다.

물론 여기까지 온 이상 모든 팀을 꺾겠다는 각오를 했기에 물러설 생각은 없다. 그는 곧장 코치진들과 함께 머리를 맞댔다.

"뭐 고민할 것도 없네!"

케빈은 세 선수의 이름을 망설임 없이 적었다.

에딘손 카바니.

네이마르.

킬리안 음바페.

PSG를 챔피언스리그 4강까지 이끈 핵심 공격진. 상대하는 팀들에겐 악몽 같은 쓰리톱을.

"어떤 감독이 미쳤다고 안 쓰겠어?"

현재 PSG의 감독은 바이에른에서 해고를 당하고 다시 파리로 돌아간 안첼로티였다.

전임인 에메리 감독이 이번 여름에 경질을 당하고, 그 후임으로 한때 팀을 이끌었던 안첼로티에게 다시 손을 내민 것이다.

안첼로티 2기 시절의 PSG에서 가장 큰 변화가 있다면 라커룸을 꼽을 수 있었다.

항상 구설수로 가득했던 PSG의 라커 룸이 그가 부임한 이번 시즌부터 잠잠해진 건 특히 주목할 점이었다.

선수단과 친하게 지내며 덕장으로 불리는 그의 스타일이 제대로 먹힌 것으로 보였다. 물론 바이에른 뮌헨은 제외해야겠지만.

「[키커] 라이프치히, 레버쿠젠에게 패배!」

원지석은 4강에 앞서 먼저 있었던 분데스리가 경기에서 첫 패배를 맛보았다.

후반기도 막바지인 만큼 슬슬 선수단 전체가 지칠 시기였다. 그랬기에 체력 관리를 위해 로테이션을 돌린 결과 레버쿠젠에게 일격을 맞은 라이프치히였다.

「[빌트] 물 건너간 무패 우승!」

이 패배가 있기 전까지 라이프치히는 분데스리가에서 무패 기록을 하던 중이었다.

만약 우승을 한다면 분데스리가 첫 무패 우승을 이룰 수 있었지만, 원지석은 그런 기록에 개의치 않기로 했다.

다행인 게 있다면 다른 곳에서 경기를 하던 바이에른이 무승부를 거두며 아직 순위가 그대로 유지되고 있다는 걸까.

어찌 되었든 체력 안배를 취한 라이프치히는 파리로 떠날 준비를 마쳤다.

숙소에서 하루 휴식을 취하고, 다음 날 버스를 탄 그들은 PSG의 홈구장인 파르크 데 프랑스로 향했다.

양 팀 팬들에겐 첫 4강이자 첫 결승전이 걸린 빅 매치였기에 경기장의 분위기는 꽤나 뜨거웠다.

—양 팀의 라인업이 발표되었습니다.

—PSG는 역시 433 포메이션을 꺼냈군요. 핵심 선수들이 모두 빠짐없이 출전했습니다.

포백은 퀴르자와, 치아구 시우바, 마르퀴뇨스, 다니 알베스가 자리를 잡았다. 그중에서도 중요 선수로는 오른쪽 풀백인 알베스를 꼽을 수 있었다.

알베스 같은 경우는 노장이라 불릴 나이에도 굉장한 퍼포먼스를 뽐냈다.

PSG가 기대하는 풀백 유망주인 뫼니에가 주전 자리를 잡지 못할 정도로 나이가 무색한 활약을 보여주는 알베스였다.

이어지는 중원은 마르코 베라티, 디 마리아의 뒤를 라비오가 받쳤다.

프랑스 리그 최고의 중원.

더 이상의 설명은 필요하지 않았다.

마지막 최전방은 네이마르, 카바니, 음바페가 서며 라이프치히의 골문을 위협했다.

세계에서 가장 비싼 이적료를 기록한 공격진이자 차기 발롱도르로 꼽히는 공격수가 두 명이나 있는 공격진.

불화설이 잠잠해진 요즘은 더욱 좋은 호흡을 보이는 세 명이었다.

이에 맞서는 라이프치히의 라인업이 발표되었다.

포백에는 할슈텐베르크, 우파메카노, 히메네스, 베르나르두가.

중원에는 세리와 캄플이 호흡을 맞추고 그 뒤를 뎀메가 받쳤다.

그리고 최전방에는 포르스베리, 베르너, 자비처가 서며 라이프치히 역시 433 포메이션을 꺼냈다.

—캄플을 넣어 중원을 더욱 두텁게 한 것으로 보이는군요.

—이번 경기도 기대가 됩니다.

사람들의 기대 속에 경기가 시작되었다.

확실히 PSG의 공격진은 위협적이었다. 라이프치히의 수비진 역시 그들을 막기 위해 필사적인 힘을 다했다.

그리고 전반 20분이 되었을까.

삐이익!

이변이 생긴 것은 그때였다.

—아, 심판이 휘슬을 붑니다! 페널티킥이에요!

주심이 PK를 선언했다.

페널티킥을 얻은 것은 PSG였다.

하지만 아직 주심의 판정은 끝나지 않았다.

그가 항의하는 라이프치히 선수들 중 굴라치 골키퍼에게 손가락을 까딱거렸다.

—심판이 무언가를 꺼냅니다!

—레드카드예요!

경기 전반.

팀의 핵심 골키퍼인 굴라치가 레드카드를 받은 것이다.

28 ROUND

끝날 때까지는 끝난 게 아니다

심판이 꺼내 든 빨간색의 카드.

아직 전반전의 반도 지나지 않은 데다, 레드카드를 받은 선수의 포지션이 포지션인 만큼 큰 파장이 일었다.

"내가? 내가?!"

페널티킥이 아니라고 항의하던 굴라치는 눈앞에 꺼내진 레드카드를 보며 눈을 크게 떴다.

"애초에 닿지도 않았는데 왜 파울이야!"

굴라치의 절규처럼.

방금 전에 벌어졌던 일이다.

PSG의 역습 상황이었다. 베라티가 수비진을 허무는 롱패스를 찔렀고, 이를 측면에서 받은 네이마르가 매우 빠른 속도로 달렸다.

다른 수비수들이 뒤늦게 달렸지만 너무 늦다.

네이마르의 앞에는 라이프치히의 마지막 수문장인 굴라치만이 남았으니까.

골키퍼와 공격수의 일대일 상황.

동료들의 도움을 받기 어렵다는 걸 깨달은 굴라치가 골문을 박찼다. 마치 노이어처럼.

이윽고 두 사람은 충돌하며 쓰러졌다.

곧바로 휘슬을 분 주심은 라이프치히의 파울을 선언했다.

페널티에어리어 안에서 일어난 충돌이기에 PK가 선언되었고, 완전한 득점 찬스를 방해했다는 이유로 굴라치에게 레드카드를 꺼낸 것이다.

물론 당사자인 굴라치로선 환장할 일이었다.

"난 분명 공만 건드렸다고!"

"아니, 판단은 내가 해."

주심은 그의 항의를 단호히 묵살하며 손가락으로 밖을 가리켰다.

"나가."

자신에게서 눈을 떼지 않는 주심을 보며 굴라치의 얼굴이 붉게 물들었다. 결국 그는 거칠게 벗은 골키퍼 장갑을 바닥에 내팽개치고선 그라운드를 떠났다.

이러한 일에 라이프치히의 벤치도 난리가 났다.

그들이 보기엔 전혀 파울을 불 상황이 아니었기 때문이다. 레드카드는 더더욱 아니었다.

특히 부심에게 항의를 하러 간 원지석을 다른 코치들이 말리는 데 고생을 할 정도였다.

"시발, 지금 뭐 하자는 겁니까! 저 새끼 일부러 걸리는 거 못 봤어요?"

"원! 일단 들어가요!"

코치 세 명이 허겁지겁 달려와 그런 원지석을 말렸다. 두 명이 팔을 잡았고, 남은 한 명은 그 앞을 막아서며 부심과 떨어지게 했다.

그 분위기가 얼마나 흉흉했던지 당황한 부심이 안도의 한숨을 쉴 정도였다.

인생은 가까이서 보면 비극이고 멀리서 보면 희극이라던가?

자신과는 상관없는 일을 물끄러미 보던 안첼로티 감독이 이내 웃음을 터뜨리며 고개를 저었다.

"뻔뻔한 늙은이가."

못 볼 것을 봤다는 듯 퉤하고 침을 뱉은 케빈이 얼굴을 구겼다.

—아, 리플레이가 시작되는군요.
—심판이 봤을 각도네요.

그러는 사이 중계진들은 파울 당시의 상황을 눈 크게 뜨고 지켜보았다.
공을 끌고 가는 네이마르, 몸을 던지는 굴라치.
특히 몸이 닿는 부분에선 화면이 느리게 재생되며 더욱 자세한 파악을 할 수 있도록 도와주었다.

—이렇게만 보면 심판의 판정이 맞는 것 같은데요?

그때 다른 각도에서 찍은 영상이 연이어 재생되었다. 이번엔 측면에 있던 카메라였다.
느린 화면 속에서 굴라치의 태클이 먼저 공을 빼냈다. 그리고 뒤늦게 네이마르가 넘어지는 것으로 리플레이는 끝났다.

—아주 정확히 공만 빼냈군요! 퇴장당한 굴라치 골키퍼에겐 아주 억울할 상황이에요!
—이번 판정은 경기가 끝나고 논란을 피할 수 없을 거 같

네요.

어찌 되었건 주심은 본인이 꺼냈던 레드카드를 다시 집어넣지 않을 것이다.

경기는 계속 진행되었다.

잔디에 쓰러졌던 네이마르가 몸을 일으키며 공을 가져왔다.

본인이 얻은 페널티킥을 직접 마무리할 것인지, 페널티에어리어에 찍혀진 흰색 점 위로 공을 올려놓은 그가 뒷걸음질을 쳤다.

이 순간 다른 선수들은 페널티에어리어 안으로 들어갈 수 없다.

들어갈 수 있는 사람은 오직 세 명.

공을 차는 키커.

정확한 상황을 판단할 심판.

그리고 골문 앞의 골키퍼까지 해서 세 명일 뿐.

—라이프치히가 선수교체를 알립니다.

—이본 음보고 선수네요. 미드필더인 케빈 캄플이 빠지고 백업 골키퍼인 음보고가 들어갑니다.

굴라치를 대신해 들어온 선수는 라이프치히의 유망주이자

백업 골키퍼인 이본 음보고였다.

이런 빅 매치에 갑자기 나올 줄은 몰랐던지 음보고가 잔뜩 긴장한 얼굴로 골문 앞에 섰다.

음보고의 1군 경험은 컵대회가 대부분이었다. 가끔 리그 경기를 뛸 때는 나쁘지 않은 선방을 보여준 편이었고.

다만 며칠 전 레버쿠젠에게 패했던 경기에서, 로테이션으로 나왔던 그가 실수를 범했다는 게 불안한 요소일지도 몰랐다.

삐이익!

심판의 휘슬과 함께 숨을 깊게 내쉰 네이마르가 발걸음을 옮겼다.

페널티에어리어 밖에 있던 다른 선수들 역시 세컨드 볼을 노리기 위해 몸을 긴장시켰다.

—네이마르가 달립니다. 네이마르, 슛!

—골입니다! 선제골을 기록하는 네이마르!

공은 골문 아래쪽 구석을 향해 빨려 들어갔다. 미처 반응하지 못했던 음보고가 멍하니 그 공을 볼 뿐이었다.

"하아."

골 망이 출렁이는 걸 보며 원지석이 고개를 저었다.

'짜증 난다.'

사전에 준비했던 모든 계획이 모두 쓸모없게 되었으니 당연했다. 그게 전술적인 실패가 아닌 갑작스러운 변수인 만큼 더 욱더.

"좆 같아도 적응해야지 어쩌겠어."

옆에 있던 케빈의 말에 원지석이 고개를 끄덕였다.

한 점이 먹힌 상황이지만 라이프치히는 공격적으로 나설 수 없었다.

선수 한 명이 빠지며 전술에 구멍이 난 상황. 수적으로도 부족하기에 섣부른 공격은 오히려 독이 될 터였다.

한 명이 부족한 라이프치히는 베르너를 원톱으로 둔 441 포메이션이 되었다.

양 윙어인 포르스베리와 자비처는 역습의 첨병이기에 뺄 수가 없는 상황.

그들은 당연하게도 선수비 후역습 전술을 펼쳤다. 한 명이란 숫자도 타격이 크지만 이곳은 PSG의 홈이었다. 기세를 탈 분위기 역시 쉽게 만들어지지 않았다.

PSG의 홈 팬들은 엄청난 응원으로 라이프치히에게 심리적인 압박을 가했다.

우우우!

쏟아지는 야유 탓일까, 세리답지 않은 패스미스가 나오며 PSG의 역습이 시작되었다.

—볼을 끊어낸 라비오가 달립니다!

—드리블과 볼을 다루는 능력이 매우 좋은 선수죠!

공을 끌고 달리는 사람은 아드리앙 라비오였다. PSG의 흔치 않은 유스 출신인 그는 팀의 미래라 불리는 미드필더였다.

특히 볼을 끌고 전진하는 능력이 매우 좋아서 중원과 공격 사이를 이어주는 연결 고리가 되기도 했다.

17/18 시즌부터는 티아고 모타의 대체자로 낙점되며 수비형 미드필더로 뛰었지만, 수비형미드필더로서 그 한계가 뚜렷하다는 꼬리표를 떼지 못한 상황.

그런 라비오에게 오늘은 달랐다.

라이프치히가 퇴장을 당하며 한 명이 빠진 만큼 라비오의 수비적 부담도 적어진 것이다.

"저쪽 커버해!"

"이쪽으로 오게 하지 말고!"

포르스베리와 세리가 중원을 조율하며 PSG를 압박했다.

모기처럼 달라붙는 뎀메의 견제를 간단한 개인기로 따돌린 라비오가 옆에 있던 디 마리아에게 공을 넘겼다.

디 마리아는 현 감독인 안첼로티와 레알 마드리드 시절 한 솥밥을 먹은 사이였다.

당시 윙어로서 기복이 있던 그를 안첼로티가 직접 중앙에 배치하며 하프 윙이란 포지션을 잡아주었다.

덕분에 기량이 만개한 만큼 디 마리아는 안첼로티 2기 팀에서도 하프 윙으로서 팀의 엔진이 되었다.

디 마리아와 원투 패스를 주고받던 라비오가 순간적인 팬텀 드리블로 뎀메의 압박을 완전히 벗겼다.

이제 남은 것은 라이프치히의 수비수들뿐. 그는 공을 톡 찍어 올리며 센터백의 키를 넘기는 패스를 보냈다.

언제부터 있었는지.

그곳엔 이미 바이시클킥을 준비하는 카바니가 있었다.

—카바니! 곡예 같은 슈팅이 골문을 살짝 스칩니다!

—정말 귀신같은 위치 선정이군요!

골문 옆을 스친 슈팅을 보며 카바니가 탄식했다. 라이프치히의 선수들이나 원지석으로선 간담이 서늘했을 장면이었다.

카바니는 공이 없을 때 매우 뛰어난 움직임을 보여주는 스트라이커로, 오늘 꽉 닫힌 라이프치히의 수비진을 휘저으며 무시무시한 모습을 보였다.

다만.

—또 빗나가는 카바니의 슈팅!

—오늘따라 발끝의 영점이 잘 잡히지 않고 있어요!

결정력에 기복이 있는 카바니는 좋은 위치를 잡으면서도 그 슈팅을 골로 만들어내지 못했다.

아직까지 점수 차가 더 벌어지지 않은 건 카바니의 실수가 지대한 공헌을 했다. 그게 라이프치히로선 다행인 일이었다.

그렇다고 안심할 상황은 아니다.

PSG에겐 세계 최고의 크랙이 있었으니까.

—네이마르! 또다시 측면을 허물고 침투하는 네이마르!

폭발적인 드리블로 베르나르두를 따돌린 네이마르가 맞춰 뛰는 음바페에게 송곳 같은 패스를 찔렀다.

음바페는 그 공을 받지 않고 그대로 흘렸다.

흐르는 공을 받은 선수.

그는 PSG의 오른쪽 풀백인 다니 알베스였다.

알베스는 코너킥 깃발 근처까지 공을 끌고 달린 뒤 잠시 공을 멈춰 세웠다.

라이프치히의 왼쪽 풀백인 할슈텐베르크와 포르스베리가 협력수비를 하며 에워싸고 있는 상황.

고민하던 알베스가 공간을 만들기 위해 뒤로 빠지는 음바페를 눈치챘다.

스루패스가 수비진들 사이로 빠지며 음바페의 앞으로 향했다. 음바페는 망설이지 않고 논스톱 슈팅을 때렸다.

터엉!

—다시 한번 골대에 맞는 슈팅! 오늘따라 골대와 원수를 진 PSG입니다!

매우 강한 슈팅이 골대를 강타하며 아웃되었다. 음보고가 반응도 하지 못했기에 매우 위험했던 상황이라 할 수 있었다.

삐이익!

동시에 전반전 종료를 알리는 휘슬이 울렸다.

하프타임 동안 원지석은 선수들에게 전술적인 지시를 하며 바쁜 시간을 보냈다. 그 모습을 우울한 얼굴로 지켜보는 선수가 있었다.

퇴장당한 골키퍼, 굴라치였다.

그런 굴라치의 등을 두드려 준 원지석이 그 옆에 앉았다.

"영상 봤잖아? 네 잘못 아니다."

굴라치는 대답 대신 쓴웃음을 지었다. 오심이라도 자기 때문에 지고 있다는 죄책감이 그의 어깨를 짓눌렀다.

"괜찮아. 이렇게 우울하게 있는 것보단 음보고에게 조언이라도 하나 더 해주는 게 나을 거다."

슬쩍 고개를 돌리니 아직까지 얼굴이 굳어 있는 음보고의 모습이 보였다.

굴라치가 한숨과 함께 고개를 끄덕였다.

*　　　*　　　*

후반전이 시작되었다.

PSG의 오른쪽 측면인 음바페와 알베스 라인은 매우 좋은 호흡을 보이며 라이프치히를 공략했다.

그에 맞서는 라이프치히는 아예 두 줄 수비를 하며 철저한 역습을 노렸다. 강한 압박, 빠른 역습. 이것을 보며 중계진이 한 팀을 떠올렸다.

―AT 마드리드가 떠오르는 전술이네요.

―다만 한 명이 빠진 만큼 그 한계가 있어요.

그들의 말처럼 라이프치히의 역습은 사실상 베르너가 이끌고 있다고 봐도 좋았다.

수비 라인에 걸친 그는 언제라도 PSG의 뒤 공간을 노렸고,

때로는 수비 부담을 덜어주기 위해 자비처가 공을 끌며 역습에 나섰다.

—포르스베리의 강력한 얼리크로스! 하지만 치아구 시우바가 먼저 헤딩으로 걷어냅니다!

포르스베리와 세리는 먼 거리에서 패스를 찔러주며 좀 더 효율적인 역습을 도왔다. 공을 끌고 침투하기보다는 바로 슈팅을 때릴 수 있도록 말이다.

이런 전술은 PSG의 수비진들의 간담이 서늘해질 장면을 만들었다. 하지만 거기까지였다. 결국 중요한 골이 들어가지 않았다.

그나마 PSG가 압도적인 점유율 속에서 추가로 골을 터뜨리지 못하고 있다는 게 유일한 위안이었다.

"좀 더 신중하게 해!"

안첼로티는 선수들에게 그러한 주문을 하며 정교한 공격을 주문했다. 어차피 수는 이쪽이 더 많다. 거기다 지공에 능한 미드필더와 공격수들 역시 있었고.

후반 65분.

라이프치히가 선수교체를 알렸다.

오른쪽 윙어인 자비처가 빠지고 폴센이 들어간 것이다.

—새로운 변화를 주는군요.

—폴센 선수는 헤딩과 연계, 수비적인 압박 모두 뛰어난 선수니까요.

폴센은 자비처와 같이 우측 윙어로 들어갔지만 그 역할이 달랐다.

자비처가 드리블을 이용해 역습에 가담했다면, 폴센은 수비형 윙어로서 전술에 안정감을 주었다.

삐이익!

심판이 휘슬을 불며 파울을 선언했다.

이번에 반칙을 저지른 것은 PSG였다.

공을 끌고 가는 세리를 라비오가 무리한 태클로 저지하며 세트피스를 얻어낼 수 있었다.

—지금 같은 상황에선 세트피스 하나하나가 매우 소중한 라이프치히입니다.

—마침 폴센이란 옵션이 있죠?

PSG 선수들이 침을 꿀꺽 삼켰다.

키커로는 포르스베리 단 한 명만이 있었다.

그는 꽤나 좋은 킥을 차는 데드볼리스트였다. 직접 골문을 향해 슈팅을 때릴 능력이 있기도 했고.

그리고 PSG의 페널티에어리어 안에는 남들보다 머리 하나는 더 큰 폴센이 있었다. 그와 키가 비슷한 선수로는 191㎝의 라비오뿐.

삐익!

휘슬과 함께.

포르스베리가 몸을 움직였다.

*　　　*　　　*

쾅!

포르스베리의 강력한 프리킥이 대포알처럼 나아갔다.

페널티에어리어 안에 있던 선수들이 공에서 눈을 떼지 않으며 몸싸움을 벌였다.

공을 골대 안에 넣으려는 자들과 밖으로 걷으려는 자들의 싸움. 서로를 밀어내기 위해 엎치락뒤치락하던 그들이 공의 궤적을 좇았다.

'직접 슈팅은 아니야!'

PSG의 골키퍼인 알퐁스 아레올라가 바깥쪽으로 휘는 공을 보며 몸을 긴장시켰다.

누구지?

누가 헤딩하는 거지?

먼저 자리를 잡고 있던 마르퀴뇨스가 헤딩으로 공을 걷어내려 할 때였다.

—폴센이 뜁니다! 폴세에엔!

어느새 다가온 폴센이 마르퀴뇨스보다 더 높은 키를 이용해 헤딩을 따내는 데 성공한 것이다.

공의 방향이 꺾이며 골문 구석을 향한 것과 동시에 아레올라 골키퍼가 손을 뻗었다.

—공을 쳐내는 알퐁스 아레올라!

—아, 하지만 공이 이미 골라인을 넘었어요! 교체로 들어온 폴센이 동점골을 터뜨립니다!

아레올라 골키퍼가 재빠르게 헤딩슛을 걷어냈지만, 공은 이미 골라인을 넘어선 뒤였다.

와아아!

기대하지 않던 동점골이 터지자 원정 팬들이 크게 소리를 지르며 환호를 보냈다.

동점골을 넣은 폴센 역시 환호하며 셀레브레이션을 하려 할 때였다.

"뭐야, 시발!"

경기장의 분위기가 찬물을 끼얹은 것처럼 가라앉았다. 동시에 사람들의 시선은 모두 한곳으로 향하고 있었다.

오늘 경기의 주심인 알치아토가 고개를 저으며 골 취소를 선언했기 때문이다.

분위기를 반전시킬 수 있던 골이 취소되자 라이프치히 선수들이 굉장히 화난 얼굴로 따졌다.

특히 골을 넣은 폴센이 잔뜩 구겨진 얼굴로 물었다.

"이번엔 또 뭔데!"

"너, 오프사이드였어."

알치아토 주심은 단호하게 말하며 손가락으로 한쪽을 가리켰다. 오프사이드 깃발을 올린 부심이 보였다.

"아니, 진짜 미치겠네!"

폴센이 고개를 높이 들고 밤하늘을 보며 소리를 질렀다. 라인을 확인하고 파고든 그였기에 오프사이드가 아니란 것을 알았다.

물론 그가 몰랐을 뿐 부심과 주심의 말대로 오프사이드에 걸렸을 가능성도 있다.

정확한 상황을 파악하기 위해, 중계방송에선 방금 상황을 담은 장면이 리플레이되는 중이었다.

―이 장면이군요.

포르스베리가 프리킥을 차기 위해 달리던 순간부터 폴센 역시 몸을 움직이는 게 보였다.

그리고 공이 발끝에 닿은 순간.

화면이 멈추며 흰색의 라인이 그어지고 오프사이드트랩을 표시했다.

폴센은 그 라인을 침범하지 않았다.

즉 오프사이드트랩에 걸리지 않은 것이다.

―라이프치히에겐 오늘 판정이 두고두고 아쉬울 거 같네요.

중계 카메라가 알치아토 주심을 잡았다.

전반전엔 페널티킥과 레드카드, 이번엔 한 골이 취소되었다. 경기가 끝나고 논란을 피할 수 없는 상황.

더군다나 이후에도 라이프치히에게 이상하리만치 불리한 판정이 나왔기에 불만은 점점 쌓여가고 있었다.

결국 그 불만이 터지게 될 일이 발생하고 말았다.

"아아악!"

베르너가 비명을 지르며 쓰러졌다.

PSG의 센터백인 치아구 시우바에게 다리를 걷어차인 것이다.

거친 태클에도 불구하고 주심은 파울을 선언하지 않았다. 멈춤 없이 계속 진행되는 경기를 보며 원지석이 욕지거릴 내뱉었다.

"미친 새끼가!"

계속되는 판정에 선수들만이 아니라 라이프치히의 벤치 역시 굉장히 날이 섰다.

다만 원지석은 전반전처럼 격한 항의를 하지 않았다. 이번에도 그랬다간 정말 퇴장을 당할 수 있기 때문이다.

그렇기에 대신해서 케빈이 나섰다.

그는 잔뜩 화가 난 얼굴로 부심에게 항의를 했다.

"지금 이게 격투기냐? 어? 당신들 눈에는 저게 정당한 태클로 보여!"

부심의 얼굴이 굳었다.

안 그래도 전반전에 있었던 원지석의 격한 항의는 심판들이 논의를 한 주제였다.

이에 대해 하프타임 동안 심판 대기실에서 이야기를 나눈 그들은 마침내 결론을 내렸다.

경고는 한 번뿐이라는 걸.

"그에 대한 것은 당신이 아닌 심판들이 판단합니다. 돌아가십시오, 당장."

"내가 보기엔 니들이 눈을 감고 있는 거 같아서."

검지와 중지를 펴 본인의 눈앞에 가져간 케빈이 그들의 판정을 조롱했다.

두 눈 똑바로 뜨라는 제스처.

결국 주심이 나서며 상황을 진정시켰다.

—라이프치히의 수석 코치와 부심이 언쟁을 벌이는군요! 알치아토 주심이 달려와 상황을 중재시킵니다!

—그가 또 한 번의 레드카드를 꺼내네요!

높이 들려진 붉은색의 카드를 보며 케빈이 피식 웃음을 터뜨렸다. 퇴장을 각오하고 저지른 짓이었기에 불만이나 후회는 없었다.

경기장을 떠나는 케빈과 터치라인에 서 있던 원지석의 눈이 마주쳤다.

케빈은 손끝으로 그라운드 쪽을 가리켰다.

네가 볼 것은 여기가 아닌 저쪽이라며.

원지석 역시 고개를 끄덕이며 이제 본인의 일에 전념하기로 했다.

곧 라이프치히가 선수교체를 알리며 부상 위험이 있는 베르너를 빼고 오귀스탱을 넣었다.

PSG의 유스 출신인 오귀스탱은 이런 분위기 속에서 들어가고 싶지 않았을 것이다.

우우우!

자신을 향해 쏟아지는 야유를 들으며 오귀스탱이 혀를 찼다. 어쩌겠는가. 지금 그는 라이프치히의 선수였다.

경기가 계속 진행되었다.

이후 라이프치히의 역습은 사실상 없다고 봐도 좋았다.

팀의 핵심 공격수이자 역습을 이끌던 베르너가 빠진 이후부터는 오귀스탱이 그 역할을 맡았지만, PSG의 압박에 고전하는 모습이 보였기 때문이다.

—점점 거세게 몰아치는 PSG!

—라이프치히가 매우 힘겹게 막아내고 있습니다!

다행인 점은 더 이상의 실점 역시 없다는 점일까. 라이프치히는 극단적인 수비로 그들이 자랑하는 공격진을 묶었다.

시간은 계속해서 지났다.

PSG는 더 이상의 골이 나오지 않자 초조해하며 라인을 계속해서 올렸다.

심지어 센터백들마저 하프라인 근처까지 올라오자 원지석은 때가 되었다는 걸 깨달았다.

"지금!"

원지석의 외침과 동시에 포르스베리가 롱패스를 띄웠다. 그리고 수비라인을 깬 오귀스탱이 공을 받기 위해 달렸다.

—공을 길게 치고 달리는 오귀스탱! 골키퍼만이 남은 일대일 상황!

—결국 아레올라 골키퍼가 페널티에어리어 밖으로 나왔습니다! 그대로 슛을 날리는 오귀스탱! 아아아!

골키퍼가 달려오는 것을 보며 오귀스탱이 공을 높이 띄우는 칩 슛을 쏘았다.

아레올라 골키퍼의 키를 훌쩍 넘긴 슈팅이 이윽고 포물선을 그리며 떨어졌다.

하지만 공은 끝내 골 망을 출렁이지 못했다.

—아아아! 오귀스탱의 슈팅이 옆으로 빗나갑니다!

—절호의 찬스를 날리는 라이프치히!

골대 옆으로 떨어지는 공을 보며 오귀스탱이 그대로 무릎을 꿇었다.

PSG의 홈 팬들은 그런 오귀스탱을 보며 웃음을 터뜨렸다. 고맙다고 소리치는 녀석들도 있었다.

삐이익!

결국 경기는 더 이상의 득점 없이 끝났다.

1 : 0.

논란 끝에 패배를 당한 라이프치히였다.

*　　　　*　　　　*

「[RMC] PSG, 행운의 승리」

「[BBC] 경기를 지배한 알치아토 주심!」

챔피언스리그 4강전의 관심은 대부분 PSG와 라이프치히가 가져갔다고 봐도 좋았다.

특히 경기 자체가 논란으로 가득했기에 더욱 그랬을지도 몰랐다.

이 먹음직스러운 소재를 놓칠 언론들이 아니다. 프랑스 언론이 경기 자체를 옹호하는 쪽이라면, 다른 나라의 언론은 더욱 직설적인 편이었다.

기자회견에 참석한 원지석에게도 역시 심판에 대한 질문이

쏟아졌다.

볼을 긁적인 원지석이 가라앉은 목소리로 답했다.

"알치아토 주심은 오늘 정말 잘했습니다. 음, 여러분도 보면 아시겠지만 박수가 나올 만했죠."

그 말에 기자들이 웃음을 터뜨렸다.

말은 그렇게 한다지만 실제 속마음을 모를 사람은 없었다.

"수석 코치인 케빈 오츠펠트는 오늘 부심을 조롱하며 퇴장을 당했습니다. 이에 대해 하실 말씀은?"

"이번 퇴장으로 UEFA 측에서 징계가 있겠지만, 저희 차원에서도 징계를 내릴 겁니다."

이미 케빈과는 이야기가 끝난 상황이었다.

만약 구단에서 자체적인 징계를 내리지 않는다면 이상한 오해나 편견이 심어질 수 있었다.

케빈 역시 고개를 끄덕였기에 2주 정도의 주급이 정지될 터였다.

"그는 퇴장에서 멈추지 않고 추가 징계를 받을 확률이 높습니다. 타격이 크시겠는데요?"

"그렇죠. 케빈은 매우 뛰어난 코치입니다. 그래도 징계에 항소를 할 생각은 없어요."

심판의 권위에 도전하는 행위는 민감한 사항 중 하나였다. 그랬기에 추가 징계가 내려질 가능성이 컸다.

어차피 징계를 각오하고 한 항의였기에 항소를 할 생각은 없었다. 문제는 오심으로 퇴장을 당한 골키퍼, 굴라치였다.

"오늘 전반전에 있었던 오심으로 퇴장과 결승골이 된 페널티킥이 나왔습니다. 할 말이 많으실 텐데?"

"아니요. 지금으로서는 입을 다물게요. 다만 굴라치에 대해선 항소를 할 예정입니다."

추가 징계는 없겠지만, 그래도 레드카드를 받은 이상 팀의 주전 골키퍼인 굴라치는 다음 2차전에 나오지 못한다.

음보고가 불안한 모습을 보인 만큼 굴라치의 존재가 꼭 필요한 라이프치히였다.

하지만 UEFA는 그렇게까지 해줄 생각이 별로 없는 듯했다.

「[오피셜] UEFA, 라이프치히의 항소 기각」

「[오피셜] 케빈 오츠펠트, 3경기 추가 징계」

결국 라이프치히에겐 최악인 상황이다.

항소가 기각된 굴라치는 2차전에 나오지 못하고, 심판의 권위를 무시한 케빈은 3경기의 추가 징계를 받았다. 이제 케빈은 4경기의 유럽 대항전을 벤치에 앉지 못한다.

"난 집에서 느긋이 응원할게."

"개소리 말아요, 케빈."

그렇게 대꾸한 원지석이 한숨을 쉬었다.

굴라치의 공백은 뼈아프다.

음보고가 그 빈자리를 최대한 잘 채워주길 기대하는 수밖에.

「[키커] UEFA, 원지석에게 경고를 주다!」

UEFA는 거기서 멈추지 않고 원지석에게 경고를 주었다.

1차전이 끝나고 나서 가졌던 기자회견에서의 말이 문제가 된 모양이었다.

"칭찬도 안 되나 보네요."

2차전을 앞두고 가진 기자회견에서 원지석이 어깨를 으쓱였다.

대신 라이프치히의 단장인 랄프 랑닉이 알치아토 심판을 대놓고 저격하며 논란이 일었다.

'그날 알치아토 주심은 형편없었다. 수준 높은 경기에는 수준 높은 판정이 있어야 한다.'

중계 기술은 나날이 발전한다.

이제는 사람의 실수마저 잡아챌 정도로.

그렇기에 랄프 랑닉은 VAR시스템 같은 현대적인 기술의 도입을 촉구했지만, 이에 반발하는 사람들 역시 많았다.

축구의 전통, 재미, 흥행 같은 복합적인 문제가 있기에 아직까지 논란이 있는 영역이었다.

"어찌 됐든 중요한 건 그겁니다."

끝날 때까지는 끝난 게 아니라는 것.

아무리 불리한 상황이라도 경기가 끝나기 전까지는 무슨 일이 일어날지 알지 못한다.

「[키커] 안첼로티, 나는 경험이 많아」

이런 인터뷰 소식을 들은 안첼로티가 너털웃음을 터뜨리며 말을 이었다.

경험이란 말 그대로 경험이었다.

그는 많은 우승 트로피를 들은 감독이지만, 동시에 많은 역전을 당한 감독이다.

리아소르의 기적, 이스탄불의 기적처럼 지금까지 사람들에게 회자되는 전설적인 경기에서 패배를 당한 장본인이기도 했다.

그렇기에 안첼로티는 이번 경기에서도 방심은 없다는 뜻을 밝혔다.

그런 양 팀의 라인업이 발표되었다.

PSG는 포백으로 쿼르자와, 치아구 시우바, 마르퀴뇨스, 다니 알베스를 올리며 지난 경기와 똑같은 수비진을 꺼냈다.

중원 역시 세 명의 미드필더가 섰지만, 지난 경기와는 차이점이 있었다.

베라티, 디아라, 라비오로 이어지는 정삼각형 중원.

노장 수비형미드필더인 라사나 디아라가 아드리앙 라비오와 함께 수비형미드필더로 나서며 중원을 두텁게 했기 때문이다.

최전방에는 네이마르, 카바니, 음바페가 그대로 서며 라이프치히의 골문을 노렸다.

이에 맞서는 라이프치히의 라인업은 지난 1차전과 약간의 차이가 보였다.

가장 큰 차이는 징계로 벤치에 앉지도 못한 굴라치를 대신해 이본 음보고가 골키퍼 장갑을 꼈다는 거였다.

포백에는 할슈텐베르크, 오르반, 히메네스, 베르나르두가.

중원에는 포르스베리, 세리, 캄플, 자비처가.

최전방에는 베르너와 오귀스탱이 함께하며 호흡을 맞추었다.

수비형미드필더인 뎀메가 빠지고, 투톱 역시 공격적인 스트라이커들이다. 전체적으로 공격을 위한 라인업이었다.

"후우."

누군가의 한숨 소리와 함께.

삐이익!

휘슬이 울렸다.

*　　　*　　　*

2차전이 시작되었다.

비록 PSG가 1차전에서 승리를 거두었다 해도, 라이프치히에게 절망적인 상황은 아니다.

우선 점수 차이가 적다는 점을 꼽을 수 있었다.

1 : 0.

당장 바로 전에 있었던 8강에서 바이에른을 상대로 2 : 0이란 스코어를 뒤집었던 만큼, 역전 가능성은 분명히 존재했다.

또 하나의 변수는 RB아레나였다.

경기장을 가득 채운 라이프치히의 홈 팬들은 이곳을 원정팀의 무덤으로 만들 생각이었다.

경기장 곳곳에 걸린 걸개와 쉬지 않고 이어지는 응원은 PSG 선수들을 심리적으로 짓눌렀다.

—하하, 관중석에 케빈 오츠펠트의 모습이 보이는군요.

—이번 경기를 포함해 4경기의 유럽 대항전에서 벤치에 앉지 못하게 된 케빈입니다.

중계 카메라에 한 남자의 모습이 잡혔다.

라이프치히의 수석 코치이자 심판에 대한 격한 항의로 징계를 받은 남자, 케빈 오츠펠트. 그가 뚱한 얼굴로 경기를 보고 있었다.

"답답하게."

차라리 직접 말로 하는 게 낫지.

혀를 찬 그가 스마트폰을 두드리며 문자를 작성했다.

곧 벤치에 있는 라이프치히 코치진들이 문자를 받았고, 이 내용을 확인한 코치가 원지석에게 다가갔다.

"감독님."

결국 케빈이 보낸 피드백이 돌고 돌아 원지석에게 전해진 것이다.

경기에서 눈을 뗄 수 없는 원지석은 코치진의 말을 들으며 고개를 끄덕였다.

그라운드의 상황은 급격히 바뀐다. 그렇기에 때로는 타이밍이 어긋나겠지만 이게 어딘가. 이 정도가 케빈의 공백을 그나마 최소화시킬 방법이었다.

오늘 라이프치히의 중원은 전문적인 수비형미드필더가 없었다.

세리와 캄플 모두 뛰어난 활동량을 바탕으로 수비 가담을 활발히 해주는 선수들이지만, 역시 그 한계가 있게 마련.

PSG는 그런 중원을 집요하게 노리며 공격을 시도했다.

오늘 두 명의 수비형미드필더를 기용한 PSG는 대신 베라티를 자유롭게 풀었다.

프랑스 리그 최고의 미드필더를 두고 경쟁하던 세리가 떠나며, 지금은 명실상부 리그 최고의 중앙미드필더로 꼽히는 마르코 베라티.

그의 발끝을 기점으로 PSG의 공격이 시작되었다.

—베라티가 보낸 장거리 패스가 음바페에게 정확히 배달됩니다!

—동료의 움직임을 정확히 예측한 좋은 패스네요!

포르스베리의 압박을 따돌리고 측면을 질주하던 음바페가 공을 받으며 잠시 걸음을 멈췄다.

슬쩍 고개를 돌리니 뒤따라 달려오는 알베스의 모습이 보였다.

라이프치히의 왼쪽 풀백인 할슈텐베르크가 가까이 달라붙어 태클을 시도하자, 음바페는 공을 뒤로 흘리고선 본인은 앞을 향해 뛰었다.

알베스가 패스를 받는 순간 PSG의 공격 루트가 두 갈래로

나뉘었다.

그대로 측면으로 달리느냐, 혹은 중앙으로 침투하는 음바페에게 공이 가느냐.

"그쪽을 막아!"

팀의 주장인 오르반이 손짓으로 세리와 포르스베리에게 지시하며 수비 라인을 변화시켰다.

동시에 본인은 음바페의 앞을 막으며 공간 수비를 단단히 했다.

결국 알베스의 크로스가 할슈텐베르크의 다리를 맞고 아웃되며 스로인이 선언되었다.

이렇듯 헐거워질 수 있는 구성을 단단하게 만든 건 오르반의 지휘가 컸다. 그는 쉬지 않고 미드필더진과 유기적인 압박으로 PSG의 공격을 막아냈다.

—알베스의 스로인을 차단하는 캄플! 라이프치히의 역습이 시작됩니다!

역습은 순식간에 시작되었다.

캄플이 툭툭 끊어 치는 드리블로 중원을 침투하자 PSG의 수비형미드필더들이 미리 자리를 잡고 기다렸다.

—공간 수비를 하는 라사나 디아라!

오늘 선발 라인업에 이름을 올린 라사나 디아라는 올해 34살이 되는 노장이었다.

전성기 시절에는 레알 마드리드에서 뛰며 활약했고, 그는 러시아를 거치며 고향인 프랑스로 돌아왔다.

이후 그가 제2의 전성기를 맞이하며 PSG로 이적할 거라 예상한 사람은 없을 것이다.

안첼로티 휘하에서 디아라는 로테이션 멤버로서 안정적인 경기 운영에 도움을 주었다.

그런 디아라가 공간 수비를 하며 라비오에게 세리를 마크할 것을 지시했다.

측면에는 PSG의 왼쪽 풀백인 쿠르자와가 자비처에게 갈 패스 길을 막아선 상황.

—워낙 상대 팀의 공간 압박이 뛰어나니 선불리 나아가지 못하는군요.

—라이프치히의 우측 풀백인 베르나르두와 공을 돌립니다.

베르나르두와 원투 패스를 주고받던 캄플이 순간적인 움직임으로 디아라를 따돌렸다.

디아라가 그 뒤를 끈질기게 따라붙으며 공을 가지고 있는 베르나르두를 보았다.

2 : 1 패스로 캄플에게 공을 찔러줄 거 같았던 베르나르두였지만, 그의 선택은 좌측 측면을 침투하는 포르스베리였다.

쾅!

강한 힘이 실린 롱패스가 중원을 지나치며 쏘아졌다. 다만 정확한 컨트롤에는 실패했는지 이대로라면 아웃될 가능성이 컸다.

"패스 수준!"

이미 자리를 잡고 있던 포르스베리가 투덜거리며 헤딩에 성공했다.

다시 안쪽으로 들어간 공을 세리가 받았다. 그는 빠른 속도로 PSG의 미드필더진을 벗어나며 더 안쪽으로 들어갔다.

—세리의 움직임에 맞춰 라이프치히 선수들도 퍼집니다!

뒤에서 자신을 보조하는 포르스베리, 측면으로 빠지는 베르너, 반대로 중앙으로 파고드는 자비처.

그들을 모두 확인한 세리가 짧은 시간 동안 계산을 끝냈는지 발을 들었다.

퉁 하는 소리와 함께 날카로운 패스가 직선적으로 나아갔다. 그의 선택은 베르너였다.

알베스가 올라가며 생긴 빈자리에 침투한 베르너가 뒤에서 오던 공을 바깥 발로 받았다.

기가 막힌 터치.

그리고 이어지는 빠른 드리블.

순식간에 페널티박스를 침투하는 베르너를 보며 PSG의 수비진들이 몸을 긴장시켰다.

그대로 슈팅을 하기에는 각이 없다. 그렇기에 수비 라인을 타고 달리는 자비처를 예상하며 공간 수비를 할 때, 베르너의 발끝이 불을 뿜었다.

쾅!

각도가 없는 상황에서 바로 슈팅을 때려 버린 것이다.

골대 좌측 하단을 향해 쏘아지는 슈팅을 보며 아레올라 골키퍼도 곧장 몸을 날렸다.

손끝에 걸리는 느낌에 아레올라 골키퍼가 미소를 지었다.

하지만 워낙 힘이 실린 슈팅이었기에 공이 그대로 튕겨 버렸고, 이게 하필이면 골대에 부딪쳤다는 게 문제였다.

—베르너! 베르너어어!!

—고오올! 결국 골대를 맞고 안쪽으로 튕긴 공이 골라인을 넘어섭니다!

와아아!!

골이 들어가는 순간 RB아레나가 들썩이며 엄청난 환호성이 터져 나왔다.

베르너가 공을 들고선 입술에 검지를 가져갔다.

이제 한 골이라는 뜻과, 아직 한 골이 더 남았으니 환호하기엔 이르다는 셀레브레이션이었다.

현재 스코어는 1 : 1.

이제부터가 중요하다.

PSG가 골을 넣을 때마다 쌓이는 원정골은 라이프치히를 심하게 압박할 것이다.

라이프치히로선 이제 실점 없이 골 하나를 추가하는 게 가장 완벽한 시나리오일 터였다.

반대로 PSG는 원정골을 넣기 위해 좀 더 공격적인 박차를 가했다.

라사나 디아라 홀로 포백을 보호하고, 대신 라비오가 박스 투 박스 미드필더로 공수 양면에 가담하며 팀의 엔진이 되었다.

맞불을 놓기엔 PSG의 공격진이 너무나 뛰어나다.

라이프치히는 수비를 하며 조심스레 역습 기회를 엿보았다.

—음바페의 강렬한 슈팅! 음보고 골키퍼가 선방하며 코너킥이 선언됩니다!

직접 골문을 노렸던 음바페가 혀를 차며 머리를 긁적였다. 꽤나 정확했던 슈팅에 라이프치히 수비진들도 한숨을 내쉬었다.

음바페는 폭발적인 스피드, 강렬한 슈팅 말고도 나이답지 않은 노련함을 가진 선수다.

그랬기에 지금처럼 수비수들과의 심리전에서 승리하며 날카로운 슈팅을 때리는 모습을 볼 수 있었다.

그리고 반대쪽에는 네이마르가 있다.

네이마르는 이번 경기에서도 베르나르두를 상대로 여유로운 모습을 보여주며 라이프치히의 수비진을 흔들었다.

—페널티에어리어로 들어가는 네이마르! 하지만 슈팅이 벽을 맞고 튕기네요!

이번에도 수비수를 맞고 튕기는 공을 보며 네이마르가 침을 뱉었다.

어찌 됐든 중요한 것은 골이다.

원지석은 PSG의 뛰어난 측면공격수들을 의식해 골문 앞에 두꺼운 벽을 쌓았다.

다행인 게 있다면 팬들의 응원에 힘을 얻은 건지 음보고가 1차전보다 안정적인 모습을 보여준다는 점이었다.

그러던 중 마침내 라이프치히가 기회를 잡았다.

PSG의 양 풀백인 알베스와 퀴르자와는 매우 공격적인 풀백들이다.

보통 한 풀백이 높게 올라간다면 다른 풀백이 자리를 지켰지만, 지금은 다르다. 공격적인 변화에 따라 두 명 모두 점점 높이 올라왔으니까.

그러던 중 디아라의 패스가 차단되며 라이프치히의 역습이 시작되었다.

터치라인에 있던 원지석이 PSG의 골문을 향해 손짓하며 크게 소리쳤다.

"지그으음! 다 나가!"

그 말이 신호탄이 되어 라이프치히의 공격진들이 모두 PSG의 진영을 향해 달렸다.

포르스베리, 베르너, 오귀스탱, 자비처.

네 명의 선수들이 달리는 모습을 보며 PSG 측에서도 눈을 크게 떴다.

"공이 가지 못하게 뺏어! 당장!"

여유로웠던 안첼로티가 버럭 소리를 지르며 PSG 선수들을 일깨웠다.

아직 공은 라이프치히의 진영에 있다.

패스가 닿기 전에 뺏어야만 한다.

이걸 깨달은 PSG의 선수들이 눈을 빛냈다.

“무서운데.”

“빨리 차!”

자신에게 달려드는 선수를 보며 세리가 중얼거렸다. 오르반의 재촉에 그는 고개를 끄덕이며 공을 멀리 보냈다.

쾅!

패스를 보낸 것과 동시에 PSG 선수들과 세리가 충돌했다. 주심은 어드밴티지를 주며 파울을 불지 않았다.

역습은 끊기지 않았다.

공을 먼저 받은 사람은 측면의 포르스베리였다.

그는 원터치 패스로 곧장 베르너에게 공을 연결시켰고, 이를 받은 베르너가 뒤꿈치 패스로 자비처에게 흘렸다.

순간적인 연계에 PSG의 수비진들이 움찔했지만 어차피 당황할 이유는 없다.

동료들이 올 때까지 시간을 벌 것. 그것이 지금 그들이 할 수 있는 가장 최선의 선택이었다.

그리고 자비처가 스루패스를 찔렀다.

공을 받은 사람은 포르스베리도, 베르너도 아니다.
경기 내내 존재감이 희박했던 오귀스탱이었다.

—자비처의 환상적인 킬패스가 오귀스탱에게 흐릅니다!
—논스톱으로 슈팅하는 오귀스탱! 슈우우웃!

와아아!
중계진의 말보다 관중들의 함성 소리가 더 빨랐다.
그들은 공이 골라인을 넘자마자 몸을 일으키며 소리를 질렀다. 오죽했으면 중계 카메라를 통해 경기장이 출렁이는 게 보일 정도였다.

—고오오올! 1차전의 실수를 만회하는 오귀스탱의 골! 이 골로 역전에 성공하는 라이프치히!

오귀스탱은 친정 팀에 대한 예우로 셀레브레이션을 하지 않았다.
다만 미쳐 날뛰는 팀 동료들이 그런 오귀스탱에게 달려가 그를 끌어안았다. 아니, 때리는 녀석도 있었지만.
"아파, 아프다고! 방금 머리 때린 거 누구야!"
투덕거림 끝에 경기가 다시 시작되었다.

이제 유리한 위치를 잡은 건 라이프치히였다.

이대로 시간을 버티기만 하면 이긴다.

창단 첫 챔피언스리그 결승전.

모두가 그것을 꿈꾸며 필사적인 수비를 펼쳤다.

후반 60분.

원지석은 뎀메와 일잔커를 교체로 투입하며 수비적인 강화를 꾀했다.

반대로 PSG는 디 마리아와 공격형미드필더인 드락슬러를 투입하며 공격적인 변화를 주었다.

후반 68분.

일대일 찬스에서 카바니의 슈팅을 막은 음보고가 포효하며 소리를 질렀다.

후반 75분.

드락슬러의 슈팅이 골대를 맞고 튕겼다.

PSG는 필사적인 공격을 퍼부으며 라이프치히의 골문을 뚫으려 했다. 하지만 수비진과 골키퍼에게 막히며 점점 시간은 지나가고 있었다.

마침내 84분이 되었다.

선발로 나섰던 선수들 모두가 지칠 시간이었다.

그때 단단한 수비를 억지로 열며 들어가는 선수가 있었다.

세계 최고의 크랙.

네이마르였다.

그는 이번엔 페널티박스까지 침투하지 않았다.

대신 페널티에어리어 구석에서 인사이드 슈팅을 감아 때렸다.

높게 떠오른 공이 골문 구석을 향해 부드럽게 휘었다.

설마 슈팅을 때릴지는 몰랐는지 음보고가 반박자 느린 타이밍으로 몸을 던졌다.

손끝에 공이 닿을 것만 같았다.

'제발!'

음보고가 이를 악물며 공에서 시선을 떼지 않았다. 이상하게도 공의 흐름이 느렸다. 마치 이 순간만큼은 시간이 멈춘 것만 같았다.

스르륵.

느린 세상 속에서.

공이 부드럽게 손끝에 닿았다.

*　　　*　　　*

손가락 끝에서 느껴지는 공의 감촉에 음보고가 환한 미소를 지었다.

'됐어!'

이 슈팅만 막으면 된다.

그렇게 생각하며 손을 더욱 뻗을 때였다.

이상하게도 공은 점점 안쪽으로 빨려 들어가고 있었다. 느리게 느껴지는 시간만큼이나 천천히, 그럴수록 음보고의 미소 역시 사라져 갔다.

'안 돼!'

그의 시선은 여전히 공에서 떨어지지 않았다. 스르륵, 손을 지나치는 공을 보며 음보고의 눈이 찢어질 듯 부릅떠졌다.

느리게만 느껴졌던 순간도 거기까지.

이윽고 손끝에서 벗어난 공이 골 망을 흔들었다.

잠깐의 정적.

먼저 정신을 차린 것은 중계진이었다.

—아아아!! 고오오올!! 상황을 뒤집는 네이마르의 엄청난 슈팅입니다!

—이런 슛은 아무도 못 막죠!!

유니폼을 벗은 네이마르가 달렸다.

카메라 앞에서 셀레브레이션을 즐기던 그는 결국 심판에게 옐로카드를 받았다.

유니폼 탈의는 규정상 경고를 받는 행위다. 네이마르 역시 그걸 알고 있었기에 웃으며 고개를 끄덕였다.

쓸데없는 옐로카드를 받았지만 어떤가.

단 하나의 원정골.

그 골로 모든 게 뒤집어졌으니까.

"시발!"

골을 막지 못한 음보고가 거칠게 잔디를 쥐어뜯으며 고개를 들지 못했다.

팀의 주장인 오르반이 그런 음보고를 격려하며 일어설 수 있도록 도와주었다.

상황이 바뀌었다.

이제는 라이프치히가 라인을 올리며 PSG의 골문을 뚫기 위해 안간힘을 썼다.

라이프치히의 홈 팬들도 마지막까지 응원을 멈추지 않았다. 오히려 더욱 소리를 높이며 선수들을 응원했다.

그러나 모든 선수들이 페널티에어리어로 내려앉은 PSG는 필사적인 수비로 그런 공격을 모두 막아냈다.

삐이이익!

결국 경기 종료를 알리는 휘슬이 울렸다.

경기 결과는 2 : 1.

종합 스코어는 2 : 2.

하나 원정골 우선 원칙에 의해 탈락하고만 라이프치히였다.

라이프치히 선수들은 잔디 위에 허망하게 앉아 침울해하고 있었다.

원지석은 그런 녀석들을 한 번씩 안아주며 일으켜 세웠다. 그는 선수들의 등을 두드려 주며 말했다.

"팬들에게 인사해야지."

그제야 선수들이 고개를 들었다.

그 말처럼.

팬들의 응원은 아직 멈추지 않았다.

선수들이 하나둘씩 몸을 일으켰다. 그런 와중에도 고개를 들지 못한 녀석이 있었다.

음보고였다.

그는 울고 있었다.

마지막 네이마르의 골을 막지 못했다는 좌절감, 그로 인해 팀이 떨어졌다는 죄책감이 음보고의 마음을 짓눌렀다.

"왜 그러고 있냐."

원지석은 그런 음보고의 머리를 쓰다듬으며 말했다.

"고개 들어라. 너희들은 모두 잘했어."

"감독님!"

음보고가 눈물을 닦았다.

눈물로 젖은 골키퍼 장갑을 보며 원지석이 말을 이었다.

"오늘 그 눈물 자국을 절대 잊지 마. 네가 성장하는 데 소중한 자산이 될 거다."

모두 몸을 일으킨 라이프치히 선수들이 홈 팬들에게 다가가 박수를 쳤다. 홈 팬들 역시 고생한 선수들에게 환호와 박수를 보내며 호응을 해주었다.

팬 서비스로 유니폼을 벗어 선물하거나, 유니폼을 교환한 녀석들 중에는 대신 무릎 보호대를 선물하는 녀석도 있었다.

"모두들 고생했다."

선수들도 팬들도 모두 훌륭했다.

이렇게 말할 수 있어서 다행이었다.

이번 시즌 라이프치히의 챔피언스리그는 이로써 막을 내리게 되었다.

*　　　　　*　　　　　*

「[키커] 라이프치히 선수단 평점」

챔피언스리그 4강 2차전이 끝나고 키커지는 평점과 함께 몇 명의 선수들에겐 코멘트를 남겼다.

특히 수비진에게 달린 코멘트가 눈에 띄었는데, 그것들 몇 개는 이런 내용이었다.

골키퍼.

이본 음보고 — 2점.

1차전의 미숙한 모습과 다르게 이번 경기에선 좋은 모습을 보여주었다.

키커는 좋은 활약을 할수록 그 숫자가 낮다. 점수를 짜게 주기로 유명한 키커지에서 이 정도면 극찬이라 봐도 좋았다.

센터백.

빌리 오르반 — 2점.

이 라이프치히의 주장은 오늘 본인의 커맨딩 능력을 마음껏 발휘하며 좋은 모습을 보였다.

우측 풀백.

베르나르두 — 4점.

오늘 그는 네이마르의 상대가 되지 못했다.

경기 내내 네이마르에게 고전한 베르나르두는 혹평을 피하지 못했다. 어찌 보면 마지막 실점 장면도 그의 실책에서 시작되었으니까.

나머지 선수들 역시 2~3점의 점수대를 받으며 활약을 인정받았다.

「[빌트] 알치아토의 판단이 승부를 결정짓다!」

한편 1차전의 주심이었던 알치알토가 다시 한번 도마 위에 오르게 되었다.

결국 그때 있었던 오심이 2차전까지 영향을 미치며 라이프치히에게 큰 지장을 주었다는 거였다.

원지석 역시 기자회견에서 그와 관련된 질문을 받았다. 그는 어깨를 으쓱이며 답했다.

"글쎄요. 잘했다고 해도 경고를 받았었는데… 그냥 입을 다물고 있겠습니다."

그 속에 뼈가 있는 말이었다.

하지만 기자들은 포기하지 않고 알치아토에 대한 이야기를 계속해서 물었다.

결국 한숨을 쉰 원지석이 다시 한번 대답했다.

"제가 여기서 알치아토 주심을 비난한다고 해서 결과가 바뀌지는 않죠. 오히려 징계나 먹지 않으면 다행이니까요."

"굴라치 골키퍼의 징계를 철회하지 않은 UEFA의 결정은 어떻게 생각하십니까?"

한 기자의 말처럼.

그게 오심인 게 확인되었음에도 UEFA는 징계를 그대로 유지시킬 뿐이었다.

그렇기에 지금의 패배를 아쉬워하는 사람도 많았다. 만약 음보고가 아닌 굴라치였다면 마지막 슈팅을 막아내지 않았을까 하는 생각으로.

원지석은 그에 대한 질문에 고개를 저었다.

"음보고는 오늘 아주 잘해줬어요. 위험했던 장면이 몇 번 있었지만 실점이 되지 않은 건 녀석의 선방 덕분이었습니다."

대표적으로 카바니와의 일대일 상황에서 보여준 선방을 꼽을 수 있었다. 모든 사람들이 놀랄만한 슈퍼세이브였다.

"마지막 네이마르의 골 장면은, 누구도 그 장면을 탓할 수 없어요."

「[RMC] 안첼로티, 우리는 운이 좋았어」

PSG의 감독인 안첼로티 역시 굉장히 힘든 경기임을 인정했다.

안첼로티는 이후 그런 오심이 없어지기 위해 모두가 노력해야 한다며 라이프치히에게 심심한 위로를 보냈다.

어찌 되었건 라이프치히의 시즌은 아직 끝나지 않았다.

기나긴 시즌도 거의 마무리 되었지만, 아직 라이프치히는 마지막 한 경기를 남겨둔 상황.

분데스리가 마지막 경기.

그 상대는 도르트문트였다.

기묘하다면 기묘한 인연이었다. 이번 시즌 내내 투덕거린

두 팀이 마지막 라운드에서 만나게 되다니.

거기다 아직 분데스리가의 우승 팀이 정해지지 않았다는 점도 사람들이 많은 관심을 가진 요인 중 하나였다.

리그 후반기에 들어서며 바이에른이나 라이프치히나 중간 중간 패배나 무승부를 거두었다.

그렇기에 최종 라운드를 앞둔 지금, 두 팀의 승점 차이는 겨우 2점밖에 나지 않는다.

역전 우승의 가능성은 아직 충분히 남아 있는 것이다.

더군다나 바이에른의 마지막 상대는 이번 시즌 힘겨운 잔류 싸움을 하는 중인 프랑크푸르트.

만약 라이프치히가 도르트문트에게 지고, 반대로 바이에른이 프랑크푸르트를 꺾는다면 역전 우승이 이루어지게 된다.

「[키커] 원지석, 끝날 때까지는 끝난 게 아니다」

거의 근접한 우승 트로피다.

놓칠 수는 없다.

원지석은 절대 방심하지 않겠다는 의지를 밝혔다.

한편 시즌 마지막이 되어 분데스리가의 캐스팅보트를 쥐게 된 도르트문트도 난감한 입장이었다.

어느 팀이 우승하더라도 솔직히 말해 그들하곤 상관이 없는 이야기였다.

다만 그게 라이프치히라면 달랐다.

전통과 근본이 없는 놈들이라며 그렇게 욕을 했는데, 마지막에 우승 제물이 되는 것만은 사양하고 싶었으니까.

그렇다 해서 라이벌이라 표방한 바이에른이 또 하나의 우승 트로피를 추가하는 것도 무언가 석연치 않았다.

「[키커] 하센휘틀, 우리는 그저 최선을 다할 뿐」

결국 그들은 최선을 다한다며 의지를 불태우는 것 말고는 딱히 할 게 없었다.

기묘한 상황이었다.

라이프치히를 싫어하는 사람들은 그들의 우승을 막아달라며 도르트문트를 응원했고, 그것은 바이에른의 팬들 역시 마찬가지였다.

라이벌의 응원을 받으며 도르트문트는 라이프치히의 홈구장인 RB아레나에 도착했다.

오늘 그들이 진다면 이곳은 라이프치히의 축제 장소가 될 것이다. 기념비적인 우승을 기록하는 사진엔 그들의 사진이 걸릴 터였고.

그 꼴만은 절대 볼 수 없었다.

—경기장 분위기가 매우 뜨겁습니다.

—이번 경기만 이긴다면 라이프치히는 우승을 확정 지을 수 있으니까요. 사상 첫 우승을 눈앞에 두고 팬들 역시 매우 들떠 있네요.

중계진의 말처럼 팬들의 열기는 엄청났다.

라커 룸에 있는 도르트문트 선수들은 귀를 막아도 들리는 응원 소리에 이어폰을 꺼냈다.

시간이 지나 경기 시간이 되었다.

터널을 지나며 양 팀의 선수들이 그라운드로 들어오는 모습이 보였다.

양 팀의 라인업이 발표되었다.

도르트문트는 전반기와 다르게 수비적인 쓰리백을 꺼내며 지지 않겠다는 의지를 드러냈다.

쓰리백에는 소크라테스, 바르트라, 토프락이 섰으며.

측면을 보조하는 윙백으로는 게레이루와 피슈첵이.

미드필더진에는 다후드와 바이글이 팀의 허리를 잡았다. 그들은 윙백과 호흡을 맞추며 경기를 풀어갈 것이다.

최전방에는 로이스, 오바메양, 풀리시치가 서며 343 포메이션을 완성했다.

전체적으로 불안한 수비를 보완하고 최전방의 쓰리톱에게 모든 공격을 맡기겠다는 전술로 보였다.

이에 맞서는 라이프치히는 4141 포메이션을 꺼냈다.

포백에는 할슈텐베르크, 오르반, 히메네스, 베르나르두가.

미드필더진에는 포르스베리, 세리, 캄플, 자비처가. 그런 그들의 뒤를 뎀메가 받쳤다.

그리고 최전방에는 이번 시즌 득점왕 경쟁을 펼치는 베르너가 팀의 공격을 책임졌다.

리그 우승 경쟁처럼 득점왕 경쟁 역시 아직 끝나지 않았다.

레반도프스키, 베르너, 오바메양은 후반기에 들면서도 꾸준한 득점포를 가동했고 아직까지 그리 큰 차이가 나지 않는 상황.

현재 득점 1위는 30골을 터뜨린 오바메양이었다.

그 밑으로는 각각 29골과 28골을 넣은 레반도프스키와 베르너가 있었다.

베르너 같은 경우는 이미 자신의 기록을 갈아 치웠으며 득점 페이스도 나쁘지 않았다. 아직 득점왕을 포기하기엔 이른 상황일 정도로.

여기서 베르너가 골을 몰아넣고, 오바메양이 골을 넣지 못하면 뒤바뀔 여지는 충분했다.

그리고 전혀 가능성이 없어 보이는 이야기가 아니었다.

—포르스베리의 긴 땅볼 크로스를 쫓는 베르너! 바르트라가 뒤쫓지만 너무 늦어요!

—그대로 슈팅을 때리는 베르너! 베르너어어!!

베르너가 피슈첵을 따돌리며 빠른 발로 라인 브레이킹을 할 때였다.

뒤에 있던 포르스베리가 강력한 킥으로 땅볼 크로스를 날렸고, 이 크로스는 매우 심하게 휘며 베르너에게 도착했다.

공을 받은 베르너가 페널티에어리어 바깥쪽으로 드리블을 하며 수비 라인을 탔다. 바르트라가 그를 근접 마크하면서도 토프락이 슈팅 각도를 내주지 않았다.

자신의 득점왕을 방해하는 녀석들을 보며 그가 혀를 찼다. 망할 것들.

순간 바르트라가 공을 뺏기 위해 태클을 걸었다. 찰나였지만 베르너의 눈이 번뜩이며 공을 그 다리 사이로 흘렸다.

다리 사이로 빠지는 공을 보며 토프락이 움직였다. 문제는 공이 생각보다 바깥쪽으로 빠진다는 거였다.

토프락이 공을 걷어내려는 움직임보다 베르너가 빨랐다.

순간적으로 스피드를 폭발시킨 베르너가 먼저 슈팅 자세를 취했다. 살짝 늦은 토프락이 슬라이딩태클을 하며 공을 걷어내려 할 때.

쾅!

먼저 쏘아진 슈팅이 골문 구석을 향해 강하게 꽂혔다.

경기 시작 10분.

벌써부터 베르너의 발끝이 불을 뿜은 것이다.

29 ROUND

유망주 발굴

경기는 일방적이었다.

라이프치히는 시종일관 도르트문트를 압도하며 그들의 골문을 두드렸다.

—또다시 슈팅을 때려보는 베르너!

—오늘 아주 맘먹고 나왔네요!

골문 위로 살짝 뜨고만 슈팅을 보며 베르너가 아쉬움의 탄식을 토했다.

이른 시간에 골을 터뜨린 그는 이후 자신감 넘치는 플레이를 보여주며 팀의 공격을 이끌었다.

수비를 파고드는 라인 브레이킹과 간결하지만 강력한 슈팅. 현란하진 않더라도 매우 효과적인 플레이였다.

이에 도르트문트는 베르너가 공을 잡지 못하도록 라이프치히의 중원을 강하게 압박했다.

패스 줄기가 끊어지면 베르너는 고립된다. 그걸 알기에 라이프치히의 미드필더진도 공을 뺏기지 않으려 애썼다.

"바글바글하네."

측면 끝에 있던 포르스베리가 자신을 둘러싼 도르트문트의 선수들을 보며 혀를 찼다.

자신을 비롯해 근처에 있던 세리까지 공간 압박을 당하며 숨을 쉬기 힘든 상황. 반대쪽의 캄플이나 자비처 역시 어슬렁거리는 도르트문트 선수들이 보였다.

그때 세리가 달리며 압박을 벗어났다.

포르스베리는 그런 세리에게 스루패스를 찔러주며 숨 막히던 공간에서 벗어났다.

그렇게 원투 패스를 주고받으며 탈압박을 하던 둘의 눈이 번뜩였다. 헐거워진 중앙에서 서성이는 베르너가 보인 것이다.

세리가 흘린 백패스를 향해 포르스베리가 달렸다.

쾅!

낮은 크로스가 도르트문트의 미드필더인 다후드의 다리를 스치며 중앙으로 뻗었다.

센터백들을 앞두고 패스를 받아낸 베르너가 그대로 몸을 돌리며 슈팅 자세를 취했다.

—**슈우웃! 아! 한 번 접는 베르너!**

수비수들이 몸을 움찔하며 다리를 들었지만, 베르너는 슈팅을 하지 않았다.

대신 공을 살짝 옆으로 빼며 더욱 정확한 각도를 만든 뒤 그대로 슈팅을 때렸다.

강력한 슈팅이 수비수들 사이를 지나치며 그대로 골문 구석으로 빨려 들어갔다.

—**고오올! 또 골입니다!**

—**멀티골을 뽑아내는 티모 베르너!**

두드리면 열릴 것이니.

후반전이 시작되고 얼마 지나지 않아 베르너는 또 하나의 골을 추가했다.

두 번째 골을 기록한 베르너가 카메라를 향해 손가락 두 개를 폈다. 두 골.

오늘 베르너의 컨디션은 부쩍 좋아 보였다. 그런 베르너를 상대하는 도르트문트로서는 죽을 맛일 터였고.

"좆 됐네."

침을 뱉은 오바메양이 머쓱한 얼굴로 머리를 긁적였다. 득점왕 경쟁을 의미하는 말이었다.

28골로 득점 3위였던 베르너는 이번에 두 골을 추가하며 30골이 되었다. 현재 30골로 1위인 오바메양과 동률인 것이다.

반대로 오바메양은 아직 골을 넣지 못하고 있었다. 도르트문트 선수들 모두가 부진한 상황 속에 그 역시 아무것도 하지 못하는 상황.

물론 아직 경기는 끝나지 않았다.

앞으로 어떻게 될지는 모르겠다만, 다른 곳에서 뛰고 있을 바이에른의 레반도프스키 역시 신경 써야 할 경쟁자였다.

후반전은 계속해서 지났다.

다만 더 이상의 골은 터지지 않았다.

—라이프치히가 선수교체를 알립니다.

—오늘 중원에서 좋은 활약을 보여준 캄플 선수가 빠지는

군요. 그를 대신해 일잔커가 들어오네요.

후반 70분쯤 됐을까.

원지석은 수비력이 뛰어난 일잔커를 투입하며 더욱 안정적인 운영에 들어갔다.

베르너의 득점왕이 걸린 경기지만 결국 가장 중요한 것은 팀의 우승이다. 이 리드를 지켜야만 한다.

시간은 계속해서 흘렀고.

경기도 어느새 끝을 향해 달렸다.

87분.

두 골이란 차이를 극복하며 추격하기엔 너무 늦어 보이는 시간.

그때 포르스베리가 다시 한번 크로스를 보냈다.

오른쪽 측면으로 보내진 공.

그 공을 받은 사람은 베르너가 아니었다.

페널티에어리어 근처에 있던 자비처가 그대로 헤딩을 한 것이다.

—자비처의 헤딩!

—공이 페널티에어리어 안쪽으로 향합니다!

그리고 그 공을 향해 달려가는 사람이 있었다. 자비처에게 공이 가는 걸 보며 달리기 시작한 베르너였다.

—베르너어어!

퉁!

수비수들이 유니폼을 잡아당기며 옷이 늘어졌지만, 그럼에도 베르너는 헤딩에 성공했다.

골문 구석을 향한 날카로운 헤딩.

도르트문트의 골키퍼인 뷔르키가 몸을 날렸음에도 끝내 잡아내지 못한 헤딩이 골라인을 넘어섰다.

—고오오올! 골! 골! 기어코 해트트릭을 폭발시키는 티모 베르너!

—레반도프스키가 아직 추가골을 넣지 못했기 때문에 이대로라면 득점왕이 유력합니다!

와아아!!

골과 함께 환호성이 터졌다.

중계진처럼 그들 역시 바이에른의 상황을 알 수 있었다. 스마트폰을 통해서 말이다.

그렇기에 이 골이 새로운 득점왕의 탄생을 알리는 축포가 될 확률이 높다는 것도 알았다.

티모! 티모! 티모!

자신의 이름을 연호하는 소리.

그 소리에 베르너가 왼쪽 가슴에 있는 엠블럼을 입에 물었다.

그러고는 코너킥 깃발까지 달려가 무릎을 미끄러뜨리는 셀레브레이션에 환호 소리도 더욱 커졌다.

뒤이어 달려온 라이프치히 선수들이 함께 미끄러지며 셀레브레이션에 동참했다. 잘했다는 듯 오르반이 베르너의 머리를 거칠게 헝클었다.

이후 도르트문트는 전의를 상실하고 말았다. 결국 의미 없는 볼 돌리기 끝에 주심이 경기 종료를 알리는 휘슬을 불었다.

—경기가 끝납니다! 결국 우승을 놓치지 않고 마무리 짓는데 성공한 라이프치히!

—원 감독이 또 하나의 트로피를 추가합니다!

사상 첫 분데스리가 우승.

이번에야말로 우승 트로피를 거머쥐자 관중들이 미친 듯이 소리를 질렀다.

거기서 멈추지 않고 경기장에 난입한 관중들 때문에 혼란스러운 상황이 되었다.

스태프들과 안전 요원들이 필사적으로 그들을 되돌려 보냈지만, 발이 빠른 사람들은 선수들과 포옹을 하거나 사진을 찍은 뒤였다.

물론 선수에게만 간 것은 아니다.

벤치로 달려오는 팬들을 보며 원지석이 당황한 얼굴로 뒷걸음질을 쳤다.

"원! 사랑해요!"

벤치까지 몰려간 사람들 중 한 여성이 원지석을 껴안고선 그대로 볼에 입을 맞추었다.

원지석이 급하게 몸을 떼어내자 그녀가 안전 요원을 피해 도망치기 시작했다. 그러면서도 손바닥에 입을 맞춘 뒤 다시 한번 키스를 보냈다.

"아이고 부러워라. 나한테는 누가 안 해주나."

"닥쳐요, 케빈."

옆에서 깐족대던 케빈이 자신을 노려보는 눈초리에 어깨를 으쓱이며 입을 다물었다.

재빨리 손수건을 꺼낸 원지석이 주변을 둘러보았다.

'설마 보진 않았겠지.'

그는 아름다운 부인을 떠올렸다.

그녀가 웃을 땐 주변이 환해지는 것처럼 빛이 나지만, 아주 가끔 화를 낼 때에는 굉장히 무서운 사람이 된다는 걸 뼈저리게 느꼈으니까.

그리고 이 경기장 어딘가에 캐서린이 있을 것이다. 지난번의 제시처럼 쓸데없는 오해는 피하고 싶었다.

“후우.”

루주 자국을 닦아낸 원지석이 안도의 한숨을 쉬었다.

옆에서 그걸 보던 케빈이 즐겁다는 듯 웃으며 벤치에 등을 기댔다.

“우승이네.”

원지석도 그 말에 그라운드를 보았다.

관중들과 선수들이 기뻐하는 게 보였다.

“고생했어요.”

“고생했지. 아주 많이.”

케빈은 천연덕스럽게 고개를 끄덕였다.

그 모습에 원지석을 비롯한 다른 사람들도 피식 웃음을 터뜨리며 고개를 저었다.

곧 모든 관중들이 빠지고.

우승 셀레브레이션을 위한 세팅이 완료되었다.

분데스리가의 우승 트로피인 마이스터샬레는 다른 리그의

트로피와는 다른 독특한 모양새를 갖추었다.

넓적한 그것이 접시를 떠올린다고 해 우승컵의 이름 역시 '우승자'와 '접시'가 합쳐진 마이스터샬레였다.

마이스터샬레는 그 위에 우승 팀의 이름이 적힌다.

하지만 이번 시즌은 마지막까지 우승 팀이 확정되지 않았기에 아직 이름이 새겨지지 않은 상황.

RB아레나를 찾은 브레멘 공방의 장인들이 곧 트로피의 옆면에 우승 팀 이름을 새기기 시작했다.

18/19시즌 분데스리가 우승 팀.

RB 라이프치히.

이윽고 팀의 주장인 오르반이 그 트로피를 높이 들어 올렸다.

와아아!!

터지는 꽃가루와 함께 관중들이 소리를 질렀다.

방방 뛰는 선수들을 옆에서 지켜보던 원지석이 주머니에서 울리는 진동에 스마트폰을 꺼냈다.

캐서린에게서 온 문자였다.

그 내용을 확인한 원지석은 곧 손바닥으로 얼굴을 덮으며 중얼거렸다.

"제발."

사진에는 뽀뽀를 받는 원지석의 모습이 찍혀 있었으니까.

*　　　*　　　*

「[키커] 라이프치히, 사상 첫 분데스리가 우승!」

「[키커] 31골을 폭격한 티모 베르너, 18/19 시즌의 득점왕이 되다!」

이변이라면 이변일 시즌이었다.

분데스리가의 이변이란 바이에른이 우승을 놓치는 걸 뜻했으니까.

원지석의 제자들은 본인의 SNS에 축하한다는 글을 남기며 화제가 되었다.

EPL은 아직 리그가 끝나지 않았기에 원지석 역시 첼시에게 응원을 보내며 친정 팀과 제자들에 대한 애정을 드러냈다.

첫 우승.

그리고 챔피언스리그 4강.

시즌 총평을 매기자면 매우 뛰어난 성적이라고 할 수 있을 것이다. 다만 많은 지원을 받는 팀에겐 이런 성적이 당연하다며 폄하하는 사람도 있었다.

「[빌트] 가능성과 그걸 정말 이루는 것은 다른 이야기다」

빌트가 이에 대한 이야기를 기삿거리로 다루었다.

확실히 이들이 지난 두 시즌 동안 준우승을 거둔 건 나쁘지 않은 성적이었다. 하지만 당시 1위였던 바이에른과 큰 격차로 따돌려진 것을 잊어서는 안 된다.

거기다 챔피언스리그 역시, 라이프치히는 지난 시즌 조별 예선에서 떨어진 팀이다.

눈앞에 보이는 차이라 해도 그걸 좁히는 것은 굉장히 어려운 일이었다.

그렇기에 원지석은 본인의 명성을 다시 한번 사람들에게 각인시켰다. 어찌 되었거나 지금 가장 유명한 감독이란 것은 부정할 수 없는 사실이었으니.

그리고.

그런 원지석이 지금 무엇을 하고 있냐면.

"컷!"

누군가의 말에 의자에 앉았던 원지석이 표정을 풀었다. 그는 괜스레 볼을 긁적이며 주위를 둘러보았다.

정말 촬영이 끝난 건지 다른 스태프들이 웅성거리는 게 보였다.

지금 이곳은 광고 촬영 현장이었다.

간만에 만난 한채희가 추천한 광고였다.

그녀가 준비한 계약서답게 굉장히 구미가 당기는 조건들을 보며 원지석은 홀리듯 고개를 끄덕이고 말았다.

나중에는 살짝 후회하고 말았지만 계약은 계약이다.

실수 없이 잘하자는 생각과 함께 촬영이 시작되었고, 모든 촬영이 끝나자 원지석이 고개를 갸웃거리며 물었다.

“이걸로 다 된 겁니까?”

“일단 기본적인 광고는요! 고생하셨습니다!”

나중에 추가 촬영이 있을 수도 있지만 기본적인 분량은 모두 뽑아낸 것이다.

“복잡한 건 싫잖아요?”

“그렇긴 한데.”

누군가의 말에 원지석이 고개를 끄덕였다.

최종적으로 CG를 입혀서 완성하는 게 핵심이라지만, 받는 액수에 비해 너무 간단하니 얼떨떨할 지경이었다.

‘이른바 얼굴값이죠.’

문뜩 한채희의 말이 떠올랐다.

깨닫지 못했던 묘한 웃음이 이걸 뜻했나.

“지금은 이상해 보여도 나중에 CG 작업을 거치면 굉장한 그림이 나올 거예요. 거기다 다른 선수들 분량까지 생각해야 하니 딱 이 정도가 좋죠.”

그 말에 원지석이 고개를 끄덕였다.

현재 그가 계약한 광고 업체는 거대 스포츠 기업인 아디다스였다.

독일의 기업이기도 한 아디다스는 분데스리가를 스폰하며 독일 축구에도 많은 관심을 드러냈다.

그런 기업이 새롭게 왕좌를 차지한, 스타성이 충만한 감독을 놓칠 리가 없었다.

물론 거저 얻은 건 아니다.

원지석이 몰랐을 뿐 여기엔 경쟁 스포츠 기업들과 엄청난 경쟁이 있었다. 한채희는 그런 기업을 부추기며 무서운 수완을 보여주었다.

"다른 선수들이라면 누가?"

"글쎄요. 나라마다 버전이 달라서요. 일단 메시는 어떤 버전이든지 있겠지만."

아디다스의 대표적인 모델인 메시 역시 이 광고에 참여할 예정이었다. 어차피 이곳이 아닌 스페인에서 따로 촬영을 하겠지만.

그렇게 촬영을 끝마치고 돌아가던 길이었다.

부르르.

원지석은 주머니에서 느껴지는 진동에 스마트폰 화면을 확인했다. 팀의 단장인 랄프 랑닉이 보낸 메시지였다.

그 내용은 퍽 간단했다.

그리고 꽤나 느닷없기도 했다.

[자네 잠깐 브라질 좀 같이 가지.]

이렇게.

뜬금없이.

원지석은 브라질로 떠나게 되었다.

*　　　　*　　　　*

"브라질이라니. 휴가에 브라질이라니!"

케빈이 입을 비쭉 내밀며 불만을 토했다.

옆에 있던 원지석은 듣기 싫다는 듯 이어폰을 꺼냈지만.

그 손을 덥석 잡은 케빈이 자신의 불만을 더 들어달라는 듯 막았다.

"왜 나까지 가는 거냐? 응?"

"그걸 내가 어떻게 알아요. 단장님이 그랬는걸."

말 그대로.

케빈을 브라질행 비행기에 강제로 실은 것은 단장인 랄프 랑닉이었다.

휴가 계획을 마음껏 짜고 있던 케빈에겐 날벼락이나 다름

없을 것이다. 이미 랄프 랑닉을 비롯한 스카우트 팀은 브라질로 떠난 뒤였다.

"망할 늙은이."

"브라질도 휴가 장소로 나쁘지 않잖아요? 리우 카니발 시즌은 끝났지만."

"너는 괜찮냐? 결혼하고 반년도 되지 않은 신혼이."

그 말에 원지석이 어깨를 으쓱였다.

느닷없는 브라질행에 그 역시 당황했었다.

다만 캐서린이 요 며칠간은 바쁠 때라며 프랑스로 떠났기에 차라리 다행이라고 생각하는 중이었다.

어딘가 여행을 떠났을 때 일이 생기는 것보다는 낫지 않겠는가.

거기다.

"궁금하다고 했잖아요? 그 녀석."

"그렇긴 한데, 설마 지금 갈 줄은 몰랐지."

끙 하고 앓는 소리를 낸 케빈이 머리를 긁적였다. 지금 그들이 브라질로 가는 이유는 한 명의 유망주 때문이었다.

브레노 페레이라.

지난겨울부터 언급된 풀백 유망주.

그 성장세가 심상치 않았는지 랄프 랑닉이 호들갑을 떨며 스태프들을 호출한 것이다. 원지석은 서류를 꺼내 다시 한번 정보를 확인했다.

브레노 페레이라는 꽤나 어릴 때부터 유소년 축구팀을 전전하던 꼬마다.

그러다 2년 전 레드불 브라질의 스카우터들이 발굴했고, 그때부터 기대를 받긴 했지만 이번 시즌부터 본격적인 두각을 드러내며 팀의 상승세를 이끌었다.

"어릴 때 브라질에 있었다고 했지?"

"뭐, 그렇긴 한데."

케빈의 물음에 원지석이 쓴웃음을 지으며 고개를 끄덕였다.

브라질이라.

그다지 떠올리고 싶은 기억은 아니었다.

거기서는 싸움 아니면 축구 말고 할 게 없었으니까.

"밤에는 밖에 돌아다니지 않는 게 좋을 거예요. 시비 걸지도 말고."

퍽 살벌한 조언을 한 원지석이 이어폰을 끼며 눈을 감았다. 한참을 가야 하는 길이다. 운항 시간에 맞춘다고 부랴부랴 왔기에 피곤하기도 했고.

눈을 감는 그를 보며 케빈도 어깨를 으쓱였다.

*　　　*　　　*

상파울루주의 캄피나스.

공항에 도착한 둘은 미리 준비된 차를 타며 호텔까지 몸을 실었다.

"감독님!"

호텔 아래에서 시간을 때우던 스태프들이 그들을 보며 반색했다. 짐을 내린 원지석이 고개를 갸웃거리며 물었다.

"단장님은요?"

"안에서 쉬고 계세요."

"키는 여기 있고, 저쪽 엘리베이터를 타면 됩니다."

키를 받은 원지석이 고맙다는 말과 함께 안으로 들어섰다. 겉모습만 봐선 나쁘지 않은 호텔이었다.

안에 들어가니 다른 스태프들이 보였다.

스카우트 팀 역시 핵심 인력만이 온 상황이었다. 그들은 스마트폰을 만지작거리거나 보드게임을 하며 시간을 보냈다.

열쇠에 적힌 호실을 따라 찾아간 방에는 두 개의 침대가 있었다. 그걸 보며 케빈이 떫은 감을 씹은 것처럼 중얼거렸다.

"왜 너랑 내가 같은 방이야."

"저도 싫으니 닥쳐요."

짐을 침대 옆에 둔 원지석이 그대로 몸을 누웠다. 비행기에서 자는 잠은 영 피로가 풀리지 않는다.

그나마 다행인 건 침대 사이즈가 꽤나 크다는 걸까. 매트릭스도 푹신하고 이불 역시 포근한 냄새가 났다.

케빈과 같은 방인 건 별다른 이유가 없겠지만, 아마도 저 돌아이가 이상한 짓 하지 못하게 지켜보라는 의미겠지.

'졸려.'

쏟아지는 졸음을 피하지 않으며 원지석이 눈을 감았다. 어차피 경기는 저녁에 있었다.

낮 동안 여독을 풀고 저녁에 출발한다는 일정이었으니 그는 그대로 잠에 빠졌다.

부르르.

머리맡에 올려둔 스마트폰이 진동으로 울리자 원지석이 눈을 떴다. 창문 밖을 바라보니 어느새 해가 져 있었다.

시간을 확인하니 3시간 정도가 지났다. 잠깐 눈을 감았다 뜬 거 같았는데, 시간이 이렇게나 흐르다니. 안경을 쓴 그가 스마트폰을 집어 들었다.

스마트폰은 아직까지 화면을 빛내며 진동으로 떨리고 있었다.

찍힌 이름을 보니 아까 키를 건네준 그 스태프였다. 고개를 갸웃거린 그가 전화를 받았다.

—감독님! 큰일 났어요!

그 다급한 말에 원지석이 서둘러 내려갔다.

엘리베이터가 아닌 계단을 빠르게 내려가며 밖으로 나가보니, 다른 사람들과 시비가 붙은 케빈이 보였다.

잠깐 눈을 감은 사이 벌써부터 사고를 치는 그의 능력에 원지석이 한숨을 쉬었다.

서로 말도 통하지 않는 사람들이 무언가 욕을 나누는 장면은 코미디 영화의 한 장면 같기도 했다.

상황을 정리하기 위해 원지석이 그들에게 다가갔다. 으르렁거리던 브라질 시민도 말이 통하는 사람이 나오자 눈을 크게 떴다.

"말이 통하는군. 가이드인가?"

"저기 저 얼간이랑 같이 일하는 동료입니다."

이런저런 오해가 풀어지며 상황은 별다른 문제 없이 종료되었다.

여기가 번화가라 다행이지, 만약 골목길이었으면 굉장히 위험했을 상황이다.

그 점을 다시 한번 주지시키며 원지석은 슬슬 일을 할 시간이라는 걸 깨달았다.

샌드위치로 빠르게 끼니를 때운 그들은 곧 차를 타며 레드불 브라질의 홈구장으로 떠났다.

"브라질은 지금 전국 리그 시즌인가?"

"그렇지."

스태프들의 말처럼.

지금 시기의 브라질 축구는 전국 리그인 세리에가 진행될 시즌이었다.

축구에 미친 나라답게 브라질은 1년 내내 축구가 멈추지 않는다.

기간마다 리그와 컵대회가 정해져 있으며, 오늘 레드불 브라질의 경기는 전국 리그에서도 4부에 해당하는 세리에 D의 경기였다.

4부 리그에서 활약해 봤자 무슨 의미가 있을까 싶지만, 여기서 브라질 축구의 특이성이 드러난다.

바로 주(州) 리그의 존재였다.

브라질은 전국 리그와 주 리그가 따로 나뉜다.

이것은 교통적인 이유가 컸는데, 전국 리그의 출범이 늦어지며 그만큼 주 리그가 깊게 자리를 잡은 것이다.

그랬기에 두 리그는 완전히 별개의 리그로 봐야만 했다.

세리에 B나 C에 속한 팀들이 주 리그에선 잔뼈가 굵은 강호인 경우도 있으니까.

레드불 브라질의 경우도 마찬가지다.

캄페오나투 파울리스타.

상파울루주의 리그.

브라질에서도 가장 오래된 리그로서 그 명성만큼이나 강팀들이 즐비했다. 대표적으로는 상파울루, 코린치안스, 산투스, 팔메이라스 같은 팀들이.

브레노 페레이라는 그런 강팀들을 상대로 놀라운 활약을 보여주었다. 그랬기에 다른 팀들이 주목하는 거였고.

하지만 눈앞에서 보는 녀석은 어떨지.

이제부터 확인할 수 있을 터였다.

"원 감독님! 반갑습니다!"

"반갑습니다."

레드불 브라질의 스카우터인 에두아르두가 반갑게 스태프들을 맞이했다. 원지석 역시 웃으며 인사를 나누었다.

"이쪽으로 오시죠."

그들에게 안내받은 VIP석에는 먼저 자리에 앉은 랄프 랑닉이 보였다.

그는 아슬아슬하게 도착한 스태프들을 보며 손목에 걸린 시계를 두드렸다.

"늦었군요."

"잠깐 일이 있어서요."

그 말을 들은 랄프 랑닉이 고개를 돌려 케빈을 보았다. 잔소리는 됐다는 듯 손을 내저은 케빈이 그 옆에 앉았다.

스카우트 팀들이 카메라를 설치하는 사이 터널을 지나며 레드불 브라질의 선수들이 입장하고 있었다.

'저 녀석인가.'

한 녀석을 발견한 원지석의 눈이 이채를 띠었다. 영상으로 볼 때도 느꼈지만 확실히 다부진 몸이다.

지금부터 시작될 경기는 세리에 D인 만큼 수준이 높진 않겠지만, 어디까지나 선수의 특성을 파악하기 위한 방문이었다.

시야가 넓은지, 멘탈은 어떤지, 팀플레이를 적극적으로 하는지, 혹은 압박에 어떻게 대처하는지.

이곳에서만 느낄 수 있는 점을 봐야 한다.

경기가 시작되었다.

레드불 브라질은 라인을 높게 올리며 상대 팀을 압박했다.

"잘하는데?"

"상대가 약팀인 것도 고려해야겠지만."

브레노는 왼쪽 측면을 지배하며 공격과 수비에서 넓은 영향력을 끼쳤다.

수비적인 스킬이 정교하진 않았다만 넓은 활동량을 바탕으로 하는 압박은 꽤나 효과적이었다.

그때였다.

갑작스러운 상황에 스카우트 팀들이 눈을 빛냈다.

브레노와 상대 팀 윙어가 헤딩 경합을 하던 순간이었다. 점프를 하던 윙어는 갑자기 몸을 움찔거리며 공을 놓쳤다.

쓰러지는 선수를 보며 주심은 파울을 불까 고민에 빠졌다. 그때 옆에서 지켜보던 부심이 고개를 젓자 경기는 계속 진행되었다.

"저놈 저거."

원지석이 쓰읍 하고 혀를 찼다.

부심의 눈은 피했을지 몰라도 그들은 브레노의 플레이를 놓치지 않았다. 특히 카메라는 더욱더.

스카우트 팀이 방금 있었던 일을 재생했다. 함께 점프를 하는 순간 은근슬쩍 등을 꼬집는 모습이 잡혔다.

교묘한 반칙이었다.

영상 자료에서는 보지 못했던 모습이었고.

일부러 올리지 않은 건지, 아니면 스카우터들의 눈을 피할 정도로 교묘한 건지.

다만 본인의 퍼포먼스 자체는 좋았다.

특히 상대 팀 페널티에어리어까지 올라가며 공격하는 모습이 레알 마드리드의 마르셀루를 떠올리게 할 정도였다.

거기다 발도 빨랐기에 수비 복귀 역시 빠른 편이었다.

결국, 경기는 브레노가 멀티골을 터뜨리며 팀의 승리를 이끌었다.

"어떻습니까?"

랄프 랑닉이 물었다.

잠시 고민하던 원지석이 답했다.

"나쁘진 않네요. 저 손버릇만 어떻게 고친다면."

"결국 선수를 쓰는 건 감독의 판단이니까요."

원지석이 고개를 끄덕였다.

왜 이곳에 데려왔는지 알 것 같았다.

아무리 뛰어난 선수나 잠재력이 뛰어난 유망주라도 감독의 마음에 들지 않으면 결국 빛 좋은 개살구일 뿐이다.

브레노 페레이라의 나쁜 습관을 먼저 깨달은 랄프 랑닉 역시 같은 생각을 했을 터였다. 그렇기에 정확한 판단을 위해서 브라질로 데려온 거고.

잘만 키운다면 향후 팀을 이끌어갈 기둥이지만.

잘못된다면 팀의 분위기를 해치는 트러블 메이커가 될 뿐이었다.

"조련해 보죠."

장고 끝에 원지석이 판단을 내렸다.

문제아는 이미 여러 명 다루어보았다.

새로운 도전이라 생각하고 키워보는 수밖에.

카메라를 치운 스태프들이 먼저 자리를 떠났다. 원지석을 비롯한 다른 사람들은 경기장을 떠나는 대신 라커 룸 근처에서 브레노를 기다리고 있었다.

라커 룸 대화가 끝났는지 선수들이 하나둘씩 나오는 게 보였다. 에두아르두가 그런 그를 향해 소리쳤다.

"어이, 브레노!"

자신을 부르는 소리에 발걸음을 멈춘 브레노가 고개를 돌렸다.

사진으로 처음 봤을 때에는 소년 갱 같다는 느낌을 받았는데, 역시나 살벌한 인상이었다. 어쩌면 정말 갱이 아닐까.

브레노가 귓가의 이어폰을 빼며 물었다.

"뭡니까?"

*　　　*　　　*

"그러니까."

브레노는 자신의 눈앞에 놓여진 계약서들을 보며 중얼거렸다.

지금 그가 있는 곳은 구단의 사무실이었다. 프로 계약을 맺을 때 처음 오고 이번이 두 번째였다.

내밀어진 계약서는 솔직히 말해 이해가 가지 않는 말들뿐이지만, 지금보다 몇 배의 주급을 준다는 건 알겠다. 한 가지의 조건만 충족한다면.

"대신 유럽에 가야 한다고요?"

"그렇지."

옆에 있던 에두아르두가 고개를 끄덕이며 맞장구를 쳤다. 이 꼬마를 발굴한 게 다름 아닌 그였으니 조언을 해줄 겸 온 모양이었다.

"흐음."

본인의 갈색 곱슬머리를 한 번 긁적인 브레노가 이윽고 흥미를 잃은 듯 긴 숨을 쉬며 계약서를 놓았다.

"안 가요."

"뭐?"

순간 잘못 들었나 싶어 랄프 랑닉이 눈을 꿈뻑였다. 그런 반응에 브레노가 다시 한번 또박또박 대답했다.

"안 갑니다. 유럽."

아무래도.

조련이 아니라 포획부터 걱정해야 할 문제였다.

*　　　　*　　　　*

"정말인가?"

"네."

확고한 대답에 원지석이 예상하지 못했다는 듯 턱을 긁적였다.

그것은 다른 사람들 역시 마찬가지인 모양이었다. 특히 에두아르두가 깜짝 놀란 얼굴로 입을 열었다.

"아니, 왜? 이건 엄청난 기회야!"

"그건 알겠지만."

설명하기 어렵다는 듯 복잡한 표정으로 말을 얼버무린 그가 이윽고 고개를 저었다.

"아무튼 브라질이 좋아요. 먼 곳을 떠나기는 좀 그러네요."

"어쩔 수 없지. 맘이 바뀌면 연락하게."

"그러죠."

고개를 끄덕인 브레노가 사무실을 떠났다. 남은 사람들은 한숨을 쉬며 소파에 몸을 기댔다.

설마 여기서 거절이라니.

상대는 올 생각도 안 했는데 괜한 설레발만 쳤으니 민망함에 얼굴이 뜨거워질 정도였다.

말은 그렇게 했지만 정말 연락이 올 거란 생각은 들지 않았다. 사람의 마음은 그리 쉽게 변하지 않으니까.

"뭐, 이번엔 인연이 아닌 거겠지."

케빈의 말에 원지석이 맥이 풀린 얼굴로 고개를 끄덕였다.

호텔로 돌아간 그들은 근처 식당에서 브라질식 바비큐를 즐기며 밤을 보냈다.

그리고 다음 날 아침.

처음부터 길게 잡았던 일정이 아니기에 그들은 일찍이 짐을 챙기며 떠날 준비를 했다.

전화가 온 것은 그때였다.

레드불 브라질의 스카우터인 에두아르두였다.

—원, 잠시만 기다려 줄 수 있습니까?

"무슨 일이죠?"

—만날 사람이 있습니다.

브라질에 그럴 사람이 있던가.

원지석이 고개를 갸웃거리면서도 알겠다는 말을 건넸다.

결국 스카우트 팀이 먼저 떠나며 랄프 랑닉, 원지석, 케빈만 이 호텔에 남았다.

"좋은 커피군요."

"그렇죠?"

1층 로비에 있던 카페에서 커피를 마시던 그들은 얼마 지나지 않아 호텔에 도착한 에두아르두를 발견했다.

에두아르두는 혼자가 아니었다.

뒤따라 들어오는 추레한 모습의 중년.

그는 몸에 불편한 곳이 있는지 걸음을 절뚝이며 다가왔다. 거기다 얼굴에도 병색이 완연했다. 이 남자가 원지석이 만나야 할 사람일 것이다.

'처음 보는 사람인데.'

얼굴을 확인한 원지석이 고개를 갸웃거렸다. 혹여 어릴 때의 인연인가 싶었지만, 기억을 뒤져봐도 낯이 익은 사람은 아니다.

"브레노의 아버지인 카스트로요."

자리에 앉은 남성이 자기소개를 했다.

그는 어제 만났던 브레노의 아버지였다.

그들의 이야기는 카스트로가 본인과 아들의 이야기를 풀고, 다른 사람들이 듣는 식으로 흘렀다.

"녀석이 못 가는 건 나 때문이우."

그들의 집은 가난했다.

상파울루주는 다른 주보다 부유한 쪽에 속했지만, 그만큼 빈부 격차가 심한 편이었다. 카스트로가 막일을 하며 입에 풀칠을 한다지만 그 한계가 있게 마련.

굶기 싫다면 일해야 한다.

그것은 어린아이들에게도 해당되는 말이다.

브레노 역시 어릴 때부터 페인트 통을 들고 다니며 잡일을 했다.

어릴 때 유소년 축구팀을 전전한 것도 그런 이유였다.

어떤 팀은 너무 멀다.

어떤 팀은 감독이 재수 없어서.

게다가 얼마 되지도 않는 주급을 받지 못하고 쫓겨난 경험마저 있었다.

레드불 브라질에 들어간 이유도 간단했다.

대기업이 스폰을 하는 이상 적어도 임금 체불을 하진 않을 테니까. 집과 가깝다는 것도 한몫했고.

"브레노를 유럽에 데려가 주십시오."

눈앞에 놓여진 커피엔 손도 대지 않으며 카스트로가 본론을 꺼냈다.

그의 얼굴엔 괴로움이 깃들었다.

가족의 걸림돌이 된다는 것.

그것은 상상 이상의 괴로움이다.

"하지만 아드님이 자신의 뜻을 쉽게 굳힐 거 같진 않습니다."

랄프 랑닉은 곤란하다는 듯 탁자를 손가락으로 두드렸다. 솔직히 말해 브레노가 하루 만에 자신의 뜻을 굽힐 거 같진 않았다.

남미 선수들은 유독 애향심이 강하다.

거기다 가족을 아끼는 마음 역시 컸다.

그중에는 유럽의 구애를 뿌리치고 고향에 남거나, 혹은 향수병을 이기지 못해 전성기의 나이에 돌아간 선수마저 있을 정도였다.

이러한 사정이 있다면 더더욱 브레노의 마음을 돌리기는 쉽지 않을 것이다.

"내가 잘 말할 거니 문제없……."

"아버지!"

말을 끊는 소리가 크게 울렸다.

언제 도착한 건지 브레노가 로비를 성큼성큼 걸으며 다가왔다. 표정을 보니 적잖이 화가 난 모양이다.

"여길 왜 와! 그리고 말도 없이 사라지면 대체 어쩌자는 건데!"

"그래서 문자 남겼으면 됐지."

원지석과 에두아르두를 보고 상황을 파악한 브레노가 한숨을 쉬며 고개를 저었다. 눈을 감은 카스트로가 입을 열었다.

"바보 같은 짓 하지 말고, 유럽에 가라."

"안 가."

"끝내 자식의 발목을 잡는 아비로 만들 거냐!"

카스트로가 버럭 소리를 질렀다.

그 말에 브레노가 할 말이 있는 것처럼 입술을 달싹였지만, 끝내 입을 다물었다.

"이놈 자식, 쓸데없는 걱정하지 말고. 나는 괜찮아."

"…그러면 생각해 볼게."

처음보다는 누그러진 반응이었다.

일단 이 상황을 모면하려는 답변일지도 몰랐지만, 완고하게 거절하는 것보단 낫지 않겠는가.

아버지를 부축하고 떠나는 브레노의 모습을 보며 원지석이 시선을 옮겼다. 아직 그 자리에 앉은 에두아르두가 있었다.

"사정이 있어서요. 사정 없는 집이 어디 있겠냐만."

에두아르두가 뒷내용을 떠들었다.

브레노가 브라질에 남겠다고 한 이유.

가장 근본적인 이유는 아버지의 건강 때문이었다.

막일을 하다가 심하게 몸을 혹사시킨 카스트로는 갑작스러운 사고로 걸음조차 제대로 하지 못하는 신세가 되었다.

어머니는 집을 나갔고, 형제조차 없는 브레노는 아버지를 돌봐줄 유일한 사람이었다.

브라질은 축구에 미친 나라지만 많은 돈을 받는 선수는 그리 많지 않다.

유명 구단에서 뛰는 선수들마저 임금이 밀릴 때가 있을 정도니까. 이제 막 데뷔한 브레노에겐 민감한 이야기일 것이다.

그럼에도 더 많은 돈을 받을 수 있는 유럽에 진출하지 않은 건.

"혼자 있을 아버지가 걱정되어서겠죠."

에두아르두가 손바닥으로 씁쓸한 얼굴을 한 번 쓸었다. 그는 브레노의 어릴 때를 기억한다.

유소년 시절, 브레노는 낮엔 축구화를 신고 저녁에는 페인트 통을 들었다.

이러한 상황을 이용하기 위해 아버지의 병원비를 대신 내준다며 거짓을 뱉는 놈들까지 있을 정도였다.

어렸던 브레노는 그 말에 넘어갔고, 이후 거짓말이란 걸 알았을 땐 위약금을 내세운 협박이 돌아왔다.

그랬기에 이런저런 사건 이후로 녀석은 아버지에 대한 언급을 하지 않게 되었다.

"뭐 여러 가지 이유가 있겠지만, 결국 저 둘이서 해결해야 될 일이죠."

에두아르두는 고개를 돌려 호텔 입구를 보았다. 그들의 모습은 보이지 않았다.

상황은 알겠다.

랄프 랑닉과 케빈은 어렵다는 듯 턱을 괴었고 원지석은 상념에 빠졌다.

'이해가 가.'

브레노의 상황은 원지석의 어릴 때 일을 떠올리게 했다. 그랬기에 아버지를 홀로 두지 못하는 그의 심정을 이해했다.

그 역시 좆 같은 상황 속에서 아버지를 두고 떠날 수 없었으니까.

원지석은 스마트폰을 꺼냈다.

그는 어딘가로 문자를 보냈다.

끈질긴 구애는 하지 않을 생각이었다. 단지 그가 가장 필요로 할 조건을 제시했을 뿐.

그날 저녁.

원지석은 독일로 돌아가기 위해 짐을 챙겼다.

만약 브레노의 마음이 바뀐다고 하면 구단에선 그에게 비행기 티켓을 보내줄 것이다. 굳이 기다릴 이유는 없었다.

엘리베이터를 타고 로비로 내려간 원지석이 눈을 크게 떴다.

입구에서 팔짱을 끼며 그들을 기다린 브레노가 있었기 때문이다.

녀석은 모자 앞부분을 괜스레 누르며 다가왔다. 랄프 랑닉과 케빈이 놀라워하는 사이 원지석의 앞에 도착한 그가 입을 열었다.

"그 말 사실이죠?"

"뭐 어려운 것도 아니니까. 돈이 부족한 클럽은 아니거든."

"이번엔 문자로 남았으니까요. 협박해도 안 통합니다."

어릴 때 일이 트라우마가 됐는지 브레노가 뚱한 얼굴로 고개를 돌렸다.

아까 원지석이 보낸 문자는 다른 게 아니다.

카스트로의 모든 치료 비용을 부담, 치안이 좋은 주거지 제공, 그리고 언제든지 구단에 요청할 수 있는 비행기 티켓과 경기 관람권을.

심리적인 걱정을 최대한 덜어줄 조건을 보장한 것이다.

사실 브레노는 아버지에게 같이 독일로 가자는 말을 했었다. 그러나 카스트로는 고향을 떠날 순 없다며 고개를 저었다.

결국 독일행을 포기하려는 아들을 보며 카스트로가 한 답변이 결정적이었다.

'축구 좋아하지?'

브레노의 마음을 흔든 결정적인 말.

그가 이런저런 일을 겪으면서도 축구화를 벗지 못한 이유.

별다른 이유는 없다.

축구를 좋아하니까. 그것뿐.

'고향을 떠난다면 세계 최고는 되어 돌아와야지.'

그 말에 결국 브레노는 마음을 굳혔다.

"혹시 모르니 임시 계약이라도 하자."

그때 케빈이 무언가를 가져왔다.

호텔 로비에 있던 냅킨이었다.

"계약서가 들어간 캐리어는 이미 공항에 보냈으니까. 일단 이걸로 만족하자고."

그렇게 말하며 입으로 볼펜의 뚜껑을 연 그가 냅킨에 무언가를 끄적이기 시작했다.

"어차피 독일로 돌아가서도 늦지 않잖아요."

"어제 한 말이 바뀌었는데 혹시 모르지. 자, 여기 네 사인 적으면 된다."

비행기에서 돌아가고 싶다며 생떼를 부리는 것보단 낫지 않겠는가.

펜을 건네받은 브레노가 어이가 없다는 듯 웃음을 터뜨리며 허리를 숙였다.

마침내 사인을 적으며 임시 계약이 끝나고, 그것을 사진으로 찍은 케빈이 만족스럽다는 듯 고개를 끄덕였다.

"이제 도망 못 친다."

이렇게 해서.

유망주를 데려오는 데 성공한 라이프치히였다.

*　　　*　　　*

「[키커] 후반기 랑리스테 발표」

분데스리가의 시즌이 끝나며 키커는 선수들의 후반기 평가를 실었다.

전반기에 높은 평가를 받았던 선수들 중 그 순위가 추락한 선수도 있으며, 반대로 급등한 선수도 있었다.

라이프치히 선수들 역시 순위에 변화가 있었다.

가장 눈에 띄는 선수들과 코멘트들을 가져와 보면 이랬다.

에밀 포르스베리.

WK—1.

측면의 연주자.

전반기엔 IK—1을 받았던 포르스베리가 월드 클래스 등급을 받은 것이다. 이뿐만이 아니다.

티모 베르너.

WK—1.

수비 라인 파괴자.

장 미카엘 세리.

WK—1.

경기를 조율하는 미드필더.

베르너와 세리 역시 월드 클래스 등급을 받으며 전반기보다 높은 평가를 받았다.

특히 전반기엔 IK—2 등급을 받았던 베르너의 성장이 눈에 띄었다. 팀을 리그 우승과 챔피언스리그 4강까지 이끌고, 본인 역시 득점왕을 차지했기에 받은 평가로 보였다.

세리 역시 챔피언스리그에서의 퍼포먼스가 가산점이 된 모양이었다.

「[키커] 라이프치히를 보며 군침을 삼키는 팀들!」

다른 유럽 리그들도 대부분 시즌이 끝나며 휴식을 가지게 되었다. 그렇다고 해서 구단들이 놀고만 있는 건 아니다.

다가올 이적 시장이 오기 전, 선수 영입을 위한 물밑 작업은 이미 시작되었기 때문이다.

지난 시즌 만족스럽지 못한 성적에 얼굴을 구긴 빅클럽들은 새로운 선수를 수혈하기 위해 얼마든지 지갑을 열 준비가 되었다.

그리고 가장 먹음직스러운 팀은 라이프치히였다.

베르너, 포르스베리, 자비처 같은 선수들은 이제 유럽 무대에서도 자신의 가치를 증명했다.

이에 따라 라리가의 레알 마드리드나 바르셀로나, 혹은 EPL 팀들이 돈 보따리를 풀 준비를 하는 상황.

「[키커] 선수들을 지키기 위해 애쓰는 라이프치히」

곧 라이프치히가 핵심 전력들을 지키기 위해 재계약을 준비 중이라는 기사가 떴다. 사실상 건들지 말라는 경고나 마찬가지였다.

「[오피셜] 라이프치히, 브라질의 풀백 유망주 브레노 페레이라 영입」

그런 와중에 메디컬 테스트를 통과한 브레노 페레이라의 계약이 마무리되었다.

라이프치히에 집을 구한 녀석은 곧장 아버지를 초대하며 프리시즌까지 함께 휴가를 즐길 계획이었다.

「[키커] 또 하나의 유망주를 준비하는 라이프치히?」

또 거기서 멈추지 않고 새로운 유망주가 물망에 올랐다.

이번엔 레드불 잘츠부르크의 선수이며, 랄프 랑닉의 입김이 강하게 들어간 선수였다.

뜬금없는 이적 진행에 원지석은 입단 테스트를 요청했다. 최소한 어떤 선수인지는 직접 보며 판단해야 하지 않겠는가.

—절대 후회하지 않을 겁니다.

랄프 랑닉은 자신만만하게 말했다.

그리고 입단 테스트 당일.

원지석은 기대감에 차 있는 랄프 랑닉을 보며 고개를 갸웃거렸다.

"그렇게 대단한 유망주인가."

"오스트리아 리그를 씹어먹었답니다."

옆에 있던 코치의 말에 원지석이 어깨를 으쓱였다. 씹어먹던 발라먹던 어떤 놈인지는 곧 알게 되겠지.

마침내 녀석이 도착했다.

브레노와는 다르게 순진한 느낌의 인상이었다. 순간 울보였던 시절의 앤디가 떠오를 정도로.

그런 녀석이 원지석을 보자마자 입을 열었다.

"네가 내 새로운 꼰대냐?"

순간 훈련장의 분위기가 얼어붙었다.

아무래도.

새로운 이적생들은 문제아인 모양이었다.

"그래, 이 새끼야."

원지석이 간만에 활짝 웃었다.

첼시 시절 초반을 떠올리게 하는 흉흉함에 옆에서 보던 코치들이 흠칫 어깨를 떨었다.

*　　　　*　　　　*

벨미르 노바코비치.

보스니아 국적의 수비형미드필더.

생년월은 1998년 3월생이지만, 이게 확실한지는 본인도 알지 못했다.

그는 고아였으니까.

1998년 3월은 고아원 앞에 버려진 아이를 사람들이 발견했던 날이다.

벨미르란 이름 역시 크로아티아 출신의 원장님이 지어준 이름이었다.

버려지기 전에는 어떠한 이름으로 불렸는지 벨미르는 알지 못했다. 알고 싶지도 않았고.

어릴 때부터 축구에 재능을 보인 녀석은 동네 유소년 클럽을 거치며 한 단계씩 위로 나아갔다. 프로 데뷔까지는 그리 오래 걸리지 않았다.

보스니아의 미친개.

순박한 인상과는 어울리지 않는 별명.

거칠기로 소문난 보스니아 리그에서도 녀석은 특히 살벌한 존재가 되었다.

이후 스카우터들의 눈에 띄어 오스트리아 리그로 이적하고, 거기서도 환상적인 퍼포먼스를 보여주며 잘츠부르크의 로이 킨이란 별명을 얻을 정도였다.

"그러니까."

선수 프로필을 확인한 원지석이 중얼거렸다.

왜 랄프 랑닉이 벨미르를 좋아하는지 알 거 같았다.

한때 잘츠부르크의 단장을 겸직했던 그는 이후에도 잘츠부르크에 꾸준한 관심을 두었다.

그러다 지난 시즌 벨미르의 플레이를 쭉 지켜보며 팬이 되었고, 늦기 전에 이적을 추진한 모양이었다.

'잘하기는 하던데.'

입단 테스트를 떠올린 원지석이 태블릿 끝부분을 톡톡 두드렸다.

고약한 인성과는 다르게 벨미르의 수비 테크닉은 매우 뛰어났다. 거기다 매우 투쟁적인 플레이 스타일은 팀의 새로운 옵션이 되어줄 것이다.

"하아."

원지석이 테블릿 화면을 끄며 한숨을 쉬었다.

교묘히 반칙을 저지르는 풀백과, 인성이 영 좋지 못한 수비형미드필더.

"어찌 이런 놈들만."

한 놈이면 몰라도 두 놈을 한 번에 받아들일 수 있을까. 원지석은 아픈 머리를 꾹꾹 누르며 고민에 빠졌다.

다크 히어로와 빌런은 엄연히 다르다.

전자를 지향하는 라이프치히에게 저 둘은 구단에 부정적인 영향만 끼칠지 몰랐다.

그래도 그 둘이 굉장한 재능을 가진 유망주라는 건 부정하지 못할 사실.

「[오피셜] '잘츠부르크의 로이 킨' 벨미르 노바코비치를 영입한 라이프치히」

결국 원지석은 힘든 조련을 각오하기로 했다.

*　　　*　　　*

허름한 빈민가.

어린아이들이 맨발로 낡은 공을 가지고 노는 모습이 보였다.

흙바닥에 너덜너덜한 공이지만 아이들의 얼굴에선 웃음이 떨어질 줄을 몰랐다. 그리고 그 모습을 지켜보는 남자가 있었다.

장면이 바뀌었다.

흙바닥은 매우 질이 좋은 잔디로.

먼지투성이인 맨발은 아디다스의 축구화로 바뀌며 공을 찼다.

드리블을 하는 사람은 메시였다.

신계라 불리는 세계 최고의 축구선수.

그는 화려한 개인기로 압박을 벗어나며 발을 멈추지 않았다. 어두운 경기장, 눈이 부신 조명은 그런 그의 플레이를 더욱 돋보이게 했다.

그러던 메시의 발걸음이 멈추었다.

동시에 그의 앞을 막은 세 사람이 앞으로 나왔다.

앤디와 킴, 그리고 라이언.

첼시의 새로운 스타들이 메시의 앞을 막아선 것이다.

여기서부턴 지나가지 못한다는 듯 그 셋이 오연한 얼굴로 메시를 둘러쌌다.

그리고 카메라의 시선이 옮겨졌다.

주변이 일그러질 정도로 빠르게 바뀌어진 화면. 그 끝에 다다른 건 경기장의 벤치였다.

홀로 앉은 벤치.

거기에 다리를 꼬고 턱을 괸 남자가 있다.

그림자가 진 상반신은 그가 누구인지 확인할 수 없었다. 그러던 중 그가 천천히 몸을 일으켰다.

터치라인을 향해 걸을수록 조명 빛에 의해 남자의 얼굴이 점점 드러났다.

그는 원지석이었다.

화면을 향해 다가가는 원지석의 모습이 잡혔다. 이제는 그의 트레이드마크로 자리 잡은 사나운 눈빛도.

원지석이 손을 뻗었다.

손바닥이 화면을 가리며 암전되는 순간, 아디다스의 로고가 뜨며 광고는 종료되었다.

"다르긴 다르네."

멍하니 그것을 본 원지석이 중얼거렸다.

방금 영상은 그때 그가 찍었던 광고였다.

풀 버전이 아닌 티저광고로, 사람들의 관심을 끌기 위해 인터넷에 먼저 공개된 영상이었다.

솔직히 광고를 찍은 당사자임에도 영상을 보면 감탄만이 나왔다. 이것만 본다면 그때의 촬영 현장을 도저히 떠올리지 못할 정도로.

CG가 입혀지면 다르다더니, 그 말이 맞았다.

"멋지게 나왔네요."

그때 등 뒤에서 뻗어진 손이 원지석의 목을 감았다.

목덜미를 사락사락 스치는 부드러운 머리칼과 코끝을 간지럽히는 좋은 냄새. 캐서린이었다.

"그래도 이런 사나운 인상은 없어도 될 텐데."

"콘셉트니까요. 크게 신경 쓰지 마요."

남편의 어깨에 볼을 부빈 캐서린이 입을 맞추었다. 쪽 하는 소리와 함께 입술이 떨어졌지만 감촉은 그대로 남았다.

원지석은 그녀를 자신의 무릎 위에 앉혔다. 캐서린은 목에 감은 손을 아직 놓지 않았으며, 그는 한 손으로 그녀의 허리를 감아 받쳤다.

"그래도 멋졌어요."

"고마워요."

휴가를 가진 둘은 휴양지에서 시간을 보내는 중이었다.

이번엔 이곳저곳을 돌아다니는 대신 느긋하게 쉬기로 했다. 말 그대로 휴식을 위해.

영상을 다시 한번 재생한 캐서린이 앤디가 나오는 부분에서 화면을 멈추었다.

근엄한 얼굴의 동생을 보며 피식 웃음을 터뜨린 그녀가 말했다.

"이 녀석, 폼 잡기는."

그 말에 웃음이 터진 원지석이 그녀의 몸을 더욱 껴안았다.

이 광고 영상은 잉글랜드 버전이었다.

잉글랜드 버전의 선수들이 모두 첼시 소속인 것은 우연이 아니다. 이른바 원지석의 아이들이라 불리는 녀석들이 나온 것이다.

녀석들은 런던에서 촬영을 끝냈기에 얼굴을 볼 일은 없었지만.

'며칠 전에도 만났으니까.'

휴가를 맞이한 그들은 맨 처음 런던으로 돌아갔었다. 거기서 저 셋을 비롯한 제임스까지 만날 수 있었다.

제임스는 경쟁 기업인 나이키의 스폰을 받기에 아디다스의 광고에는 참여하지 못했다.

"새로 온 선수들은 어때요?"

캐서린의 물음에 원지석은 남은 손으로 볼을 긁적였다. 한 놈은 효자지만 플레이 스타일이 지저분하고, 한 놈은 인성이 더럽다는 걸 어떻게 말할 수 있을까.

"글쎄요. 아직 훈련도 시작하지 않았으니까요. 조금씩 알아가야죠."

그녀의 머리 위에 턱을 올린 원지석이 앞으로 어떻게 조련을 해야 할지 고민에 빠졌다.

'역시 갈구는 건가.'

원지석은 라이프치히에 와서 화를 낸 적이 그리 많지 않았다.

선수들이 워낙 말을 잘 들었기에 굳이 화를 낼 필요가 없기 때문이다. 이적 소동 때의 베르너도 지시한 훈련은 꼬박꼬박 받을 정도였으니까.

반대로 첼시 시절엔 이미 자신의 스타일을 확립한 슈퍼스타들을 관리해야 했다.

제각각이고 제멋대로인 녀석들을 위해 원지석은 강한 원칙과 규율로 팀의 기강을 바로잡았다.

이번에도 녀석들에게 선이 그어질 것이다.

그 선을 넘으면 안 된다는 것도 알려줄 거고.

'브레노는.'

브레노의 같은 경우는 그리 어려워 보이지 않았다. 일단 심성에 문제가 있어 보이진 않으니까.

다만 그 나쁜 손버릇이 나올 때마다 지옥을 보게 될 것이다.

'그놈은.'

문제는 벨미르였다.

보스니아의 미친개라고 했던가.

물어뜯는 게 상대 선수라면 문제가 없겠지만, 같은 팀마저 알아보지 못하고 이빨을 드러낸다면.

'그때는.'

한국 속담에는 이런 게 있다.

미친개는 몽둥이가 제격이라고.

몽둥이보다 무서운 게 뭔지 알게 될 터였다.

*　　　*　　　*

시간이 지나며 프리시즌이 시작되었다.

당연한 이야기지만.

새로 이적한 유망주들은 바로 1군 스쿼드에 포함되지 않는다.

백업, 로테이션 멤버로 점차 자기 자리를 잡아가며 팀과 리그에 적응해야 한다.

브라질의 주 리그나 오스트리아 리그와는 그 수준 차이가 있게 마련이니까.

우선 분데스리가가 시작하기 전에 있을 DFB—포칼 컵 1라운드에서 선발로 뛰게 될 것이다.

그렇다고 해서 프리시즌을 설렁설렁 보낸다면 그 자리를 다른 유망주에게 뺏길 확률이 컸다.

팬들이 지켜볼 프리시즌에서 자신의 가능성을 보여야만 했다. 라인업에 이름을 올려도 고개를 끄덕일 가능성을.

「[빌트] 로스토크를 대파한 라이프치히」

「[빌트] 이번에도 두 골을 넣은 브레노!」

라이프치히는 독일 3부 리그 팀들과 친선경기를 가지며 몸 상태를 확인했다.

특히 두 신입생이 매우 좋은 모습을 보여주며 팬들은 벌써부터 기대감에 잠을 자지 못하는 상황.

물론 3부 리그를 상대한 만큼 자만심은 금물이다. 그저 독일 축구의 특색을 겉핥기로 보여준 것에 가까웠다.

라이프치히는 독일 내에서의 친선경기를 마무리 짓고 미국으로 떠났다.

인터내셔널 챔피언스 컵.

2013년에 출범한 클럽 간 친선 대회로, 프리시즌에 열리는 대회치고는 꽤나 큰 규모를 자랑했다.

그 이름답게 아시아, 유럽, 아메리카 등 많은 지역에서 대회가 열리며 대륙별 우승 팀이 나뉜다.

프리시즌 중에는 사람들의 이목이 가장 집중되는 대회였기에 홍보할 기회를 놓치지 않는 라이프치히였다.

첫 상대는 리버풀.

클롭의 지휘 아래 성공적으로 변신한 팀이었다.

1년 만에 다시 만나게 된 클롭과 원지석은 서로 웃으며 악수를 나누었다.

"나처럼 두 번 연속으로 우승하기는 힘들 거야."

"아직 스위스로는 가지 않으셨나 보네요."

그 말에 클롭이 크게 웃음을 터뜨렸다.

2015년 10월의 일이었다.

클롭은 리버풀의 감독이 되며 4년 안에 우승하지 못한다면 스위스로 떠나겠다는 말을 했다. 그리고 지금은 2019년이었고.

물론 농담으로 했던 말인 만큼 정말 감독직을 그만두거나 하진 않았다.

지금으로선 훨씬 나아진 경기력에 팬들 역시 그가 떠나지 못하게 노래를 부르는 상황이었고.

"이적 시장은 어때요?"

"우리도 좋진 않지."

클롭이 쓴웃음을 지으며 머리를 긁적였다.

리버풀 역시 핵심 선수들을 지키기 위해 사력을 다하는 중이었다. 특히 팀의 핵심 선수인 살라를 지키느라 애를 먹을 정도로.

모하메드 살라.

안필드의 파라오.

골만 잘 넣으면 레알 마드리드로 갈 선수라더니, 두 시즌 연속 EPL을 폭격하며 정말 레알 마드리드가 군침을 삼키는 선수가 된 것이다.

거기다 클롭의 전술에서 빠져서는 안 될 피르미누마저 노린다는 소식이 뜨니 팀으로선 초조할 상황이었다.

오늘 선발 라인업에 그 두 선수 모두 이름을 올렸다. 둘만이 아니라 유망주들 역시 대거 이름을 올렸다.

라이프치히 역시 주전 선수들과 유망주들을 섞으며 라인업을 짰다.

이런 상황에 실험적인 라인업을 짜는 건 프리시즌에서만 가능한 일이 아니겠는가.

“그 둘은 어때?”

“잠재력이 뛰어나요. 아마 깜짝 놀랄 겁니다.”

브레노와 벨미르에 대해 묻는 말에 원지석이 씨익 웃었다. 클롭은 기대한다는 말과 함께 리버풀의 벤치로 돌아갔다.

삐이익!

휘슬과 함께 경기가 시작되었다.

선축은 리버풀의 몫이었다.

팬들에게 욕을 먹는 선수인 바이날둠이 공을 끌고 전진했다. 역시 친선경기였기에 이름을 올린 선수 중 하나였다.

그리고 동시에 앞에서 슬라이딩태클을 거는 녀석이 있었다.

벨미르 노바코비치.

녀석이 거친 태클로 공과 함께 바이날둠을 쓰러뜨렸다.

삐이익!

거친 태클에 주심이 경기를 중단했다.

그리고 벨미르에게 달려가 옐로카드를 꺼냈다.

“아니, 이 개새끼가.”

경기 시작부터 거친 태클을 날리는 녀석을 보며 원지석이 욕지거릴 내뱉었다.

콰직 하며 찌그러진 페트병이 내용물을 토했다. 이렇게 만들어 버릴까. 그런 위험한 생각을 하며 이를 갈 때였다.

"놀랍긴 하군!"

옆에서 소리치는 클롭의 목소리에 원지석이 고개를 저었다.

쪽팔리다.

30 ROUND
문제아

친선경기는 몸 상태를 끌어올리는 데 의의를 두기 때문에 거친 플레이는 자주 나오지 않는다.

그랬기에 친선경기에서 레드카드를 받는 일은 드문 편에 속했다. 그것도 완벽한 득점 찬스를 방해할 때가 아닌 거친 태클로는 더더욱.

"저 새끼 저거, 빼야 되는 거 아니냐?"

케빈이 심드렁한 얼굴로 의견을 꺼냈다.

퇴장이라도 당하기 전에 교체 카드를 쓰자는 말이었다.

원지석은 일단 벨미르를 빼지 않고 경기를 계속해서 지켜보았다.

결국 이번 경기에서 저 녀석이 보여주는 플레이는 고스란히 평가에 반영될 것이다. 퇴장이라도 당한다면 그만큼 입지가 좁아질 터였고.

그리고 이어지는 경기에 원지석이 고개를 갸웃거리며 볼을 긁적였다.

혹여 잘못 보고 있나 안경을 닦은 뒤 다시 써보기도 하고.

역시 헛것을 본 게 아니었다.

'뭐지?'

생김새, 등번호는 같은데.

같은 사람이 맞는 건가.

그 정도로 옐로카드 이후 벨미르가 보여주는 플레이는 완벽하다 할 수 있었다.

좋은 위치 선정, 정확한 타이밍, 그리고 뛰어난 수비 스킬.

오히려 3부 리그를 상대할 때보다 더욱 훌륭한 퍼포먼스를 보여주는 중이었다.

특히 리버풀 전술의 핵심인 호베르투 피르미누를 완벽히 틀어막은 게 컸다.

피르미누는 분데스리가 시절 공격형미드필더로 뛰었던 선수지만, 클롭 체제에선 스트라이커로 포지션을 바꾼 선수다.

비록 최전방 스트라이커치곤 득점력이 좋은 편은 아니나 팀의 공격 연계와 수비 가담이 매우 뛰어났다.

—또 한 번의 슬라이딩태클! 피르미누의 원터치 패스를 정확히 끊어내는 벨미르 노바코비치!

이런 피르미누가 막히자 리버풀의 공격도 끊어지는 느낌을 감추지 못했다.

물론 그렇다고 해서 리버풀의 공격력이 약해진 건 아니다. 리버풀에겐 최고의 칼날이 있었으니까.

오른쪽 윙어인 모하메드 살라가 그 주인공이었다.

"이쪽!"

손을 뻗으며 공을 받은 살라가 빠른 속도로 달리기 시작했다. 그는 매우 빠른 발을 가진 드리블러였다.

발도 빠른 데다 위치 선정도 좋다.

윙어로선 최고의 칭찬이다.

한때 슈팅 능력이 떨어졌던 그는 찬스를 자주 날리던 편이었다. 심지어 빈 골대에 넣지 못하는 장면도 종종 있었으니까.

이랬던 살라는 클롭의 지도 아래 영점이 잡히며 리그를 폭격하는 선수가 되었다.

그런 선수가 슬슬 페널티에어리어 안쪽을 향해 들어가려던 참이었다. 그는 갑작스레 옆구리로 불쑥 넣어진 손을 보고 눈을 크게 떴다.

어느새 수비에 복귀한 브레노가 몸을 집어넣으며 수비를 시도한 것이다.

다부진 몸으로 살라를 뒤로 밀어낸 브레노가 공을 동료들에게 보내며 위험한 상황을 막아냈다.

이 새끼는 뭐야.

어깨를 으쓱이며 팔을 드는 살라의 제스처가 꼭 그런 말을 하는 것 같았다.

경기는 딱 그 정도의 수준이었다.

친선경기인 만큼 주전 선수들은 빡세게 하기보단 살짝 느슨한 느낌으로 경기감각을 올렸다.

반대로 유망주들은 가능성을 인정받기 위해 필사적으로 뛰었다.

팬들은 그런 유망주들의 플레이를 주의 깊게 보며 박수를 보냈다. 특히 브레노가 공격적인 오버래핑을 할 때는 환호성이 터져 나올 정도였다.

그렇게 전반전이 끝났다.

다시 시작된 후반전.

양 팀은 교체 카드를 쓰며 11명의 선수를 모두 바꾸었다.

친선경기에선 교체 카드의 제한이 없다. 그랬기에 골키퍼까지 교체되며 전반과는 전혀 다른 라인업이 짜였다.

결국 경기는 승부차기까지 이어지며 리버풀의 승리로 마무리되었다.

"나중에 챔피언스리그에서 만나자고. 이런 인터내셔널이니 뭐니 하는 친선 컵대회가 아닌."

"좋죠. 기대할게요."

"그리고 그 녀석들 말인데… 놀랍긴 했어. 여러 의미로."

그렇게 말한 클롭이 원지석의 등을 팡팡 두드리며 웃음을 터뜨렸다.

벨미르.

특히 그 새로운 돌아이가.

시작부터 옐로카드를 받을 땐 뭐 저런 미친놈이 있나 싶었다. 그리고 이후 보여준 정교한 수비 스킬은 클롭마저 깜짝 놀랄 정도였으니까.

물론 친선경기에서의 활약이 모든 걸 말해주지는 않는다.

프리시즌에서 최고의 활약을 보여주다가도 정작 본격적인 시즌엔 부진에 빠지는 경우가 있고, 그 반대인 경우도 있다.

지금으로선 그저 관심 있게 지켜보면 될 뿐이다. 호들갑을 떨 필요는 없었다.

「[BBC] 승부차기 끝에 승리를 거둔 리버풀!」

「[키커] 나쁘지 않은 유망주들」

프리시즌의 빅 매치 중 하나인 데다 방송으로 중계된 만큼 많은 사람이 본 경기였다.

사람들은 주전들이 아닌 새로운 이적생과 유망주들의 플레이를 지켜보았다. 그중에는 당장 1군 주전으로 써야 한다며 설레발을 치는 사람도 있었고.

특히 브레노와 벨미르는 벌써부터 팬들의 많은 기대를 받게 되었다.

두 선수는 기존의 주전 선수들과 경쟁하며 팀의 퀄리티를 더욱 높여줄 거란 평가를 받았다.

"흠."

정작 이야기의 장본인인 벨미르는 무언가 불만스러운 표정으로 머리를 긁적였다.

이번 경기도 끝났다.

상대는 이탈리아 리그의 ACF 피오렌티나.

지난 시즌엔 중위권 경쟁을 한 팀으로, 강팀은 아니지만 우습게 볼 상대도 아니다.

라이프치히는 이번에도 실험적인 전술과 라인업을 짜며 새로운 변화를 주었다.

피오렌티나는 더 강한 팀을 상대로 새로운 이적생들을 시험해 보기 위해 주전 선수들이 이름을 올렸다.

경기는 2 : 0으로 끝나며 라이프치히가 무난한 승리를 거두었다.

선수들이 웃으며 악수를 하는 가운데 벨미르의 표정은 썩 좋지 못했다. 무언가 만족스럽지 못하다는 듯이.

일단 큰 트러블은 없었다.

그렇게 무난한 프리시즌이 흘렀다.

원지석은 슬슬 새로운 변화보다는 선수들 간의 호흡을 맞추는 데 중점을 두었다.

신입생들이 기존의 전술에 녹아들 수 있는지, 아니라면 최적의 전술은 무엇인지, 어떤 선수와 호흡이 좋은지.

시간은 계속해서 지나갔다.

그 말은 이적 시장의 남은 시간이 점점 줄어간다는 걸 뜻했다.

「[BBC] 베르너에 대해 문의한 맨 시티」

「[ABC] 하이재킹을 시도하는 레알 마드리드!」

아직 라이프치히는 판다는 말도 하지 않았는데, 서로들 자기 선수라며 싸우는 모양새가 나온 것이다.

그 기사가 거짓이 아니라는 듯 엄청난 거액과 함께 선수들을 사고 싶다는 제의가 쏟아졌다.

그중에서도 가장 인기 있는 매물은 티모 베르너와 포르스베리였다.

원지석은 일단 아무 제의도 받아들이지 않았다. 그렇다고 거절하지도 않았고.

그는 대신 선수들에게 자신의 입장을 확실하게 전달했다.

"너희들을 떠나보내고 싶지 않다. 그래도 떠나고 싶다면, 확실한 조건과 대체자가 영입되기 전까진 떠날 수 없어."

즉 떠나고 싶은 사람은 지금 말하라는 뜻이었다. 이적 시장 막판에 떠나고 싶다고 말해봤자 들어주지 않을 테니.

미래를 위해 무엇이 더 나은 선택인지를 고심한 선수들이 답변을 내놓았다.

지난 시즌의 경험은 환상적이었다. 거기서 멈추지 않고 이 팀과, 그리고 이 감독과 어디까지 갈 수 있는지 확인하고 싶었다.

대답은 정해졌다.

"팀에 남을게요."

「[키커] 핵심 선수들에 대한 제의를 모두 거절한 라이프치히!」

모든 제의들이 거절되었다.

이에 따라 원지석 역시 이번 여름 이적 시장에서 추가적인 영입은 없을 거라며 못을 박았다.

이러한 이적 정책에 우려를 보내는 시선 역시 적지 않았다.

아무리 환상적인 시즌을 보냈더라도, 다음 시즌에 별다른 보강을 하지 않았다면 크게 추락한 경우가 많았기 때문이다.

「[빌트] 원지석은 스승의 실수를 반복하는가?」

스승이란 무리뉴를 말했다.

그의 첼시 2기 시절, 14/15 시즌.

두 번째 시즌을 맞이한 무리뉴는 환상적인 경기력 끝에 우승을 차지했다.

하지만 그다음 시즌 보드진이 별다른 보강은 필요하지 않다는 판단을 내렸고, 이는 첼시가 강등권 싸움까지 추락한 요인 중 하나가 되었다.

"확신할 수 있어요. 우리는 지난 시즌보다 더 나은 팀이 될 겁니다."

기존의 선수들은 분데스리가 최고의 선수들이다. 여기에 새로 들어온 유망주들 역시 다가올 시즌 구상에 포함되었고.

원지석은 그렇게 말하며 곧 다가올 DFL-슈퍼 컵을 준비했다.

분데스리가 우승 팀과 DFB-포칼 컵의 우승 팀이 만나며, 시즌의 시작을 알리는 대회.

그 상대는 바이에른 뮌헨이었다.

지난 시즌 라이프치히에게 분데스리가 왕좌를 빼앗겼던 그들은 DFB-포칼 컵에서 트로피를 들며 체면치레를 했다.

독일 축구의 시작을 알리는 이벤트일 뿐인 이 경기는 평소보다 많은 관심을 받았다.

그건 바로 바이에른 뮌헨의 새로운 감독 때문이었다.

「[오피셜] 바이에른의 지휘봉을 잡은 요하임 뢰브」

1년이란 휴식을 취했던 뢰브가 마침내 현역으로 복귀한 것이다. 그것도 바이에른 뮌헨으로.

하인케스가 떠난 빈자리를 이어받은 그는 프리시즌부터 기대 이상의 경기력을 보여주며 빼앗긴 왕좌를 다시 가져올 거란 기대를 받았다.

바이에른 뮌헨은 작은 국가대표팀이라 불릴 정도로 많은 선수들이 독일 대표로 뽑힌다.

그들을 지도했던 뢰브로선 친한 선수가 많고, 그만큼 선수를 잘 이해했기에 전술을 짜기도 수월한 상황.

이번엔 지지 않겠다는 듯 바이에른 뮌헨은 핵심 선수들을 모두 출전시켰다. 이번 여름 이적 시장을 통해 들어온 선수들은 벤치에서 경기를 지켜보았다.

반대로 라이프치히는 기존의 주전에 신입생들을 섞었다. 할슈텐베르크를 빼고 브레노를, 뎀메를 빼고 벨미르를.

공식 대회라지만 결국 이벤트 경기다.

프리시즌의 성과가 얼마나 되는지, 신입생들이 바이에른이란 뛰어난 팀을 상대로 어디까지 통하는지 알아볼 수 있는 좋은 무대였다.

그리고 뚜껑을 열어본 결과.

—또다시 골을 추가하는 킹슬리 코망!

—이걸로 패배가 확실시되는 라이프치히!

결과는 참혹했다.

스코어는 2 : 0.

바이에른은 환상적인 경기력으로 지난번의 패배를 설욕하는 데 성공했다.

사람들의 기대를 모았던 브레노와 벨미르는 수준 높은 압박과 공격에 당황하며, 동료들과의 호흡이 흐트러지는 모습을 보였다.

—벨미르 선수의 얼굴이 매우 구겨져 있군요.

경기가 끝나고.

중계 카메라가 벨미르의 얼굴을 잡았다.

프리시즌 동안의 표정이 뭔가 만족스럽지 않은 쪽이었다면, 이번엔 분노에 가까웠다.

결국 일이 터졌다.

라커 룸에 선수들이 모였을 때 벨미르가 버럭 소리를 지른 것이다.

"그거밖에 못 해?!"

파트너로 나왔던 세리나 실점을 허용한 수비진들을 질책한 그가 매우 화난 얼굴로 유니폼 셔츠를 던졌다.

찰싹하고 땀에 젖은 유니폼이 바닥에 붙었다.

이런 상황에 선수들은 화를 내기 보단 어이가 없다는 듯 고개를 저었다. 하긴 처음 만난 감독에게 그런 말을 할 정도니.

"이렇게 발렸으면 쪽팔린 줄 알아야지!"

벨미르는 매우 화가 난 상태였다.

고대하던 첫 경기, 첫 데뷔전.

그리고 상대는 그 유명한 바이에른이다.

이번 경기에서 활약하며 자신의 이름을 널리 알리고 싶었다. 하지만 아무것도 하지 못하며 패배하고 말았으니 모든 게 물거품이 되고 말았다.

"저 새끼 저거, 어쩝니까."

우파메카노가 팀의 주장인 오르반에게 귓속말로 속삭였다. 그러자 오르반은 어깨를 으쓱이며 말했다.

"놔둬. 굳이 우리가 상대해 줄 필요는 없지."

왜냐하면.

쾅!

라커 룸의 문이 거칠게 닫히는 소리가 들렸다.

마왕이 돌아왔다는 소리였다.

"넌 대체 뭘 잘했다고 그러니? 응?"

으르렁거리듯.

서슬 퍼런 목소리와 함께.

얼음처럼 굳어버린 원지석이 다가왔다.

* * *

뚜벅뚜벅 울리는 구두 굽 소리.

바닥에 깔려진 벨미르의 유니폼에 검은색 발자국이 찍혔다.

"아주 지랄을 한다."

데뷔 경기에서 실수를 한 것은 이해할 수 있다. 뭐 처음이니 그럴 수도 있지. 그러나 그 화살을 팀 동료에게 돌려서는 안 된다.

원지석은 팀의 분위기를 해치는 놈을 싫어한다. 하지만 파이팅이 넘치는 놈은 좋아했다.

이 선이 중요하다.

승부욕이 넘치는 녀석이란 건 알겠다. 물론 승부욕이 넘친다는 건 나쁜 게 아니다. 오히려 좋은 일이지.

다만 그 승부욕을 가장해 더러운 파울을 저지르거나, 동료들에게 날을 세운다면 그것은 선을 넘는 일이다.

그게 틀린 말이든, 혹은 맞는 말이든.

뚜벅.

구두 굽 소리가 멈추었다.

원지석이 벨미르를 내려다보았다.

벨미르 역시 얼굴을 구기며 눈을 피하지 않았다.

"동료에게 날을 세우지 마라. 그 일은 내 영역이니까."

"뭐?"

"내 영역을 침범하지 말라는 거다, 이 좆만아."

욕을 내뱉으려던 벨미르가 멈칫하며 입을 다물었다. 무언가 접착제를 바른 것처럼 욕지거리는 결국 뱉어지지 않았다.

'시발.'

벨미르는 무심코 인정하고 말았다.

TV로 보던 것과 직접 마주한 원지석은 다르다는 걸.

몸을 저릿하게 만드는 흉흉한 기백, 그리고 그 눈을 마주한 순간 어릴 때의 기억이 떠올랐다.

목줄이 풀렸던 사냥개를.

다른 사람이 눈치채지 못하도록 조용히 침을 삼킨 그는 괜히 삿대질을 하며 소리쳤다.

"애초에 그쪽 전술 실패 때문에 진 거 아닌가? 응?"

원지석은 그 손가락을 보며 피식 웃음을 터뜨렸다.

차라리 처음부터 이렇게 나왔으면 일이 꼬이진 않았을 것이다. 지시받은 전술을 따르지 않는 것과, 전술 실패로 인한 패배는 달랐으니까.

"나에게 불만을 말하는 건 상관없어. 오히려 합당한 지적이라면 환영하는 쪽이지."

하지만.

그가 더 가까이 갔다.

손가락이 그의 몸을 쿡 찔렀지만 원지석은 멈추지 않았다.

원지석이 다가갈수록 형광등의 빛을 가리며 벨미르의 얼굴에 그림자가 졌다.

"오늘 경기에서도, 지금 이 상황에서도 네 실수가 더 컸다는 걸 알아라. 누군가를 욕하고 싶나? 그렇다면 먼저 네 플레이를 되돌아보는 게 좋을 거야."

벨미르는 분하다는 듯 이를 악물었지만 그 역시 할 말은 없었다.

아니, 입이 있어도 하지 못할 것이다.

맞는 말이었으니까.

자존심과는 별개로 오늘 벨미르의 어설픈 플레이는 팀의 패배에 크게 일조했다. 점점 밀리는 경기에 조급함을 가지며 지시된 전술을 수행하지 않는 장면마저 있었으니까.

"시발!"

이대로 계속 말싸움을 해봤자 이길 수 없다는 걸 깨달은 벨미르가 샤워실로 향했다.

남은 선수들은 멀뚱히 원지석을 보았다.

그는 어깨를 으쓱이며 입을 열었다.

"이제 내 차례네."

선수들을 갈구는 건 본인의 일이라는 말.

녀석들이 식은땀을 흘렸다.

* * *

플레이를 되돌아보라.

라커 룸에서 원지석이 했던 말처럼.

벨미르는 그 말을 따랐다.

"쪽팔리게."

문뜩 그때의 일을 떠올린 벨미르가 괜히 머리를 긁적이며 고개를 저었다. 겁을 먹었다는 걸 인정하기 싫었다.

지금 그가 있는 곳은 구단의 비디오 분석실.

그날의 경기를 분석해 자료로 만드는 곳이었다. 벨미르는 어제 있었던 DFL―슈퍼 컵을 재생하며 자신의 플레이를 되돌아보았다.

"끄응."

계속해서 보던 녀석이 앓는 소리를 냈다.

솔직히 말해 수준 이하의 플레이였다.

본인이 한 플레이인데도 지금 와서 보자면 왜 저랬는지 이해가 가지 않을 정도로.

"진짜 못하네."

"뭐야, 미친!"

느닷없이 들린 목소리에 깜짝 놀란 벨미르가 뒤를 보았다.

반으로 나눈 가르마에는 펌을 줬다. 거기에 덥수룩한 수염까지. 예수를 닮은 남자는 한 손에 레드불을 들고 있었다.

수석 코치인 케빈 오츠펠트였다.

벨미르는 자신의 치부를 들킨 것처럼 얼굴을 구겼다. 벤치에서 직접 경기를 본 사람인데도 말이다.

"안 꺼져?"

그 위협을 가볍게 무시한 케빈이 주인 없는 의자에 앉으며 영상을 되감았다.

"뭐 하는……!"

"여기선 네가 옆으로 빠져줬어야지. 봐. 이렇게 공간이 뻥 뚫려 버리니 코망이 파고들잖아."

영상을 멈춘 케빈이 화면을 터치하며 확대시켰다.

자세한 설명에 입을 다문 벨미르가 씩씩거리면서도 피드백을 받아들였다. 솔직히 말해 구구절절 맞는 말이었다.

이런저런 설명을 하던 케빈이 잠시 쉴 겸 레드불 캔을 땄다. 그러다 자신을 물끄러미 보는 시선을 느꼈는지 그가 얼굴을 찌푸리며 말했다.

"뭘 봐. 안 줄 거다."

"미친, 안 마셔!"

조용한 분석실에 목울대가 넘어가는 소리만이 울렸다. 내용물을 모두 마신 그가 빈 캔을 구기며 물었다.

"보스니아 리그에서 축구를 했다고 했지? 거긴 어땠냐?"

벨미르는 대답을 고민하며 눈썹을 긁적였다.

보스니아 리그는 모두 필사적이었다.

빅리그 스카우터들의 눈에 띄기 위해, 더 많은 돈을 받기 위해.

벨미르 역시 마찬가지였다.

그는 고아원이 싫었다.

좁고 추운 그곳은 지원이 제대로 되지 않았기에 항상 밥을 굶기 일쑤였다.

그렇다고 밖을 나서면 멸시와 시비가 멈추질 않는다. 치안이 좋지 않은 보스니아에선 항상 뒤를 조심해야 했다.

약한 녀석은 죽는다. 어린 나이에 그 사실을 깨닫기까지는 그리 오래 걸리지 않았다.

“축구에서도 마찬가지였지.”

“들었어. 처음엔 많이 당했다며?”

그 물음에 벨미르가 고개를 끄덕였다.

보스니아에서 프로선수로 데뷔했을 때.

순한 인상의 벨미르는 언제나 거친 플레이의 먹잇감이 되었다. 멘탈을 흔들겠다는 목적으로 다리를 걷어차이고, 팔꿈치로 옆구리나 턱을 찍혔다.

“거울을 보면 항상 멍이 들어 있었어. 오히려 멍이 없는 날이 드물었을 정도로.”

퉁퉁 부은 몸을 보며 벨미르는 생각을 바꾸었다.

다음 경기에서 그는 자신의 종아릴 걷어찬 녀석에게 거친 태클을 날렸다.

그게 두 번, 세 번, 네 번이 넘게 반복되니 벨미르는 어느새 미친개란 별명을 얻게 되었다.

리버풀과의 친선전에서 시작하자마자 거친 태클을 한 이유도 그런 거였다. 날 우습게 보지 말라는.

이렇듯 거친 말, 거친 플레이는 그가 살아가는 데 있어 가장 도움이 된 것들이었다. 그런 것들을 포기하라는 감독의 말이 이해가 가지 않았다.

그때 케빈이 나섰다.

"도와줄까."

"…감독 명령이라도 받았나?"

"아니. 그냥 내 오지랖일 뿐이야. 나는 너 같은 캐릭터 싫지 않거든."

케빈이 킬킬거리며 이를 드러냈다.

그 웃음을 보며 벨미르가 석연찮다는 듯 짜게 식은 시선을 보냈다.

"어떻게 도와준다는 거지?"

"우선 이 사실부터 인정해야지. 분데스리가나 챔피언스리그는 네가 지금까지 뛰어왔던 곳들과는 달라. 뭐가 다르냐면, 그냥 까놓고 말해 수준 차이지."

더 높은 수준의 전술, 더 높은 수준의 선수들.

벨미르는 지금까지와는 달라진 것들을 상대해야만 한다.

지금까지의 경험을 부정하라는 게 아니다.

현실을 받아들이라는 거였지.

자존심이 센 선수들은 이 사실을 인정하지 않을 때가 있었다. 이걸 인정하지 못한다면 그냥 오스트리아 리그로 돌아가는 수밖에.

"그리고 감독과의 관계지."

"어제 그런 일이 있었는데?"

좆만이 소리를 들었던 라커 룸의 일이 어제였다.

물론 머리가 식고 나니 자신이 괜한 말을 했다는 걸 알았다. 그래도 지금은 얼굴을 보기가 껄끄러운 게 사실이다.

고민하는 녀석에게 케빈은 중요한 팁을 주었다.

"중요한 건 정해진 선이야."

동료와의 선.

감독과의 선.

"그 선을 넘지 않는다면 녀석의 사무실은 언제나 열려 있을 테니까."

*　　　*　　　*

케빈의 조언은 분명 도움이 되었다.

무슨 뜻으로 그런 말을 하는지도 알았다.

그렇다고 해서 벨미르가 바로 원지석에게 달려간 건 아니다. 그놈의 자존심이 문제였다. 힘든 시절을 이겨내게 한 고집은 쉽게 사과를 허락하지 않았다.

원지석 역시 그런 벨미르에게 관심을 끊었다.

훈련 때에 얼굴을 마주한다지만 그는 벨미르에게 단 한마디도 건네지 않았다. 훈련에 대한 내용은 다른 코치가 지시했다.

"길들이려는 거냐?"

"그렇죠."

케빈의 말에 원지석이 고개를 끄덕였다.

벨미르는 이미 자신의 거친 플레이에 대한 신념을 가지고 있다. 하지만 다른 팀이면 몰라도 이곳에서 그런 건 용납되지 않았다.

녀석이 변하기 전까지 이 상황은 계속 이어질 것이다. 늦으면 늦을수록 손해인 것은 벨미르였다.

"영감님이 요즘 노심초사 중이라는데."

영감님이란 단장인 랄프 랑닉을 뜻했다.

자신이 좋아하는 선수이자 야심 차게 데려온 벨미르가 관심을 받지 못할수록 그의 속은 시커멓게 타들어갈 것이다.

"상관없어요. 어차피 언젠가는 겪어야 할 일인데, 지금 터진 걸 다행으로 생각해야죠."

원지석의 말은 단호했다.

녀석처럼 자기를 굽힐 줄 모르고, 신경질적인 선수는 라커룸에서 충돌을 일으킬 뿐이니까.

이 기회에 확실한 목줄을 채워야 한다. 만약 다른 사람이 끼어든다면 결국 흐지부지 끝나며 더욱 손을 쓰지 못할 터였다.

랄프 랑닉 역시 그런 점을 알고 있기에 직접적으로 터치를 하진 않았다.

그렇게 며칠 후.

라이프치히는 분데스리가 개막 전에 시작하는 DFB-포칼컵을 뛰었다.

64강전에서 3부 리그 팀인 파더보른을 상대하게 된 라이프치히는 유망주와 로테이션 멤버로 라인업을 꾸렸다.

벨미르의 이름은 보이지 않았다.

이에 대해 팬들은 많은 추측을 떠들었다.

부상, 불화, 혹은 개인적인 사정이라든지.

「[빌트] 트러블 메이커가 된 벨미르?」

언론들 중에는 냄새를 맡은 기자가 있는지 조심스레 추측성 기사를 뱉었다.

라이프치히에 부임한 이후 원지석은 라커 룸을 통제하는

데 성공하며 내부 소식의 유출이 적은 편이었다.

다행이라 해야 할지.

오늘의 주인공은 벨미르의 빈자리가 아닌 브레노가 되었다.

—골! 오늘 측면을 지배했던 브레노 페레이라가 데뷔골을 뽑아내는군요!

—공격 수비 모두 만점의 활약을 보여줍니다!

데뷔골을 넣은 브레노가 카메라 앞까지 달려가 셀레브레이션을 펼쳤다.

혹여 아버지가 보지 못할까 자신의 얼굴이 아닌 등을 보이며 이름을 툭툭 가리켰다.

물론 그런 것만 있던 건 아니다.

"야, 인마 손 내려!"

원지석이 소리를 지르자 슬금슬금 손을 올리던 녀석이 서둘러 뒷짐을 졌다. 아직 자신의 버릇을 완전히 떼어내지 못한 브레노였다.

결국 경기는 라이프치히의 수월한 승리로 마무리되었다.

「[키커] 뛰어난 활약을 보인 브레노, 하지만 벨미르는?」

기사에는 벤치에 앉아 경기를 지켜보는 벨미르의 모습이 찍혀 있었다.

녀석은 결국 교체로도 뛰지 못하며 팀이 승리하는 모습을 지켜보았다.

"너, 이러다간 오스트리아가 아니라 보스니아로 돌아가게 될걸. 그래도 괜찮겠냐?"

케빈의 말에 벨미르는 대답하지 않았다.

이미 많은 생각을 했다.

브레노의 활약은 그를 자극하는 계기가 되었다.

그리고 곧 분데스리가가 개막된다.

시즌이 진행될수록 벨미르의 자리는 점점 좁아질 것이다. 이런 상황에 케빈이 옆에서 살살 부채질을 하니 결국 그는 원지석의 사무실을 찾았다.

"무슨 일이지?"

"내기 하나 합시다!"

사과를 예상했던 원지석은 느닷없는 말에 고개를 갸웃거렸다. 벽 너머에서 엿듣고 있던 케빈 역시 미친 새끼라며 욕지거릴 중얼거렸고.

"이번 시즌은 당신 말을 따르겠지만, 만약 그 결과가 만족스럽지 않을 경우엔 다시 내 맘대로 한다는 걸로!"

어설픈 독일어로 소리친 내기.

그 말에 원지석이 피식 웃으며 답했다.

"만족의 기준은?"

"지난 시즌보다 더 잘하면 만족스러운 거지!"

구체적으로 따지면 언론의 평가가 있겠지.

점수를 짜게 주기로 유명한 키커지에서 '더 성장했다' 정도의 평가만 나오면 되지 않겠는가.

"재미있네."

이를 드러내며 웃은 원지석이 그 내기를 받아들였다.

"다만 조건이 있다. 태업으로 의심되거나, 네가 너무 못하면 난 너를 그냥 벤치에 박아둘 거야."

"그런 건 문제없지!"

두 사람은 손을 내밀어 악수했다.

이걸로 내기는 성립되었다.

엿듣던 케빈은 이게 잘된 건지 아닌지 고개를 갸웃거렸지만.

* * *

삐익!

휘슬 소리에 무너지듯 주저앉은 벨미르가 잔디 위에 엉덩이를 붙였다.

"후우!"

비 오듯 흐르는 땀을 닦아낸 그가 입안의 단내를 느끼며 물통을 들었다. 뜨거운 목구멍을 미지근한 음료가 적셨다.

며칠 전의 일이다.

내기가 성립되며 원지석은 아주 힘든 훈련을 예고했다. 벨미르 역시 바라던 바라며 고개를 끄덕였고.

그리고 현실은.

"우욱!"

신물이 올라오는 걸 느낀 그가 서둘러 배수구를 향해 뛰었다. 아슬아슬하게 늦지 않아 방금 마셨던 물이 배수구 밑으로 쏟아졌다.

"죽겠네."

무심코 달싹인 입을 손등으로 훔친 벨미르가 한숨을 쉬며 몸을 일으켰다.

감독은 거짓말을 하지 않았다.

예고했던 대로 벨미르는 아주 혹독하게 굴려지는 중이었다. 기계를 조립하듯 아예 사람을 개조하는 중이라 봐도 좋았다.

화려한 스킬을 위해 이렇게까지 힘을 내는 게 아니다. 오히려 가장 기본적인 것들에 가까웠다.

"다시!"

원지석은 벨미르를 한계로 몰았다.

잘츠부르크 시절의 자료나, 프리시즌을 보면 녀석의 플레이는 의외로 세밀한 편이었다. 다만 자신의 뜻대로 되지 않을 경우엔 거칠어지는 부분이 있다.

보름 전에 있었던 슈퍼 컵이 대표적이었다.

경기는 밀리는 데다 본인 역시 바이에른을 상대로 아무것도 하지 못하니 무리한 플레이가 나온 것이다.

훈련을 끝내고 휴식을 가질 때에도 둘은 퇴근하지 않았다. 벨미르와 함께 영상 분석실에 있던 원지석이 물었다.

"일단 하나 물어보겠는데, 넌 팀 동료를 뭐라고 생각하는 거냐?"

"경쟁자."

녀석은 망설임 없이 대답했다.

밥그릇을 다투는 경쟁자들.

벨미르는 치열했던 보스니아 리그에서 승리했다는 자부심이 있었다.

예상했던 대답에 원지석이 한숨을 쉬며 지끈거리는 머리를 꾹꾹 눌렀다.

"틀린 말은 아닌데 그렇다고 정답은 아니야. 일단 이거부터 봐라."

준비했던 영상을 틀자 벨미르의 모습이 나왔다.

보스니아 리그의 데뷔 시절부터 이후 잘츠부르크, 라이프치히의 프리시즌까지 편집한 자료였다.

이미 본 자료라 생각한 녀석은 시큰둥한 얼굴로 화면을 보았다. 그 얼굴이 수치심으로 구겨지기까진 그리 오래 걸리지 않았다.

"여기서도."

공을 몰고 달리며 수비 라인을 이탈한 모습이.

"여기도."

팀 동료가 나간 자리를 멀뚱히 지켜만 보는 모습이.

이 영상은 벨미르의 장점이 돋보인 자료가 아니었다. 오히려 실수만을 따로 편집한 영상이었다.

영상이 재생될수록 벨미르가 입은 유니폼이 바뀌었다. 동시에 수비적인 스킬이 좋아지는 게 눈에 띄었다.

그러나 고질적인 팀플레이 결여는 나아지지 않았다. 물론 본인이 한 실수를 본인이 책임지는 장면도 있지만, 애초에 나와선 안 될 장면이기도 했다.

"뭐가 문제인지 알겠냐?"

"동료를 이용하라는 거지 뭐."

"좀 더 근본적인 걸 바꾸라는 거다, 인마."

보스니아나 오스트리아 리그에선 혼자서 팀을 이끄는 게 가능했다. 하지만 분데스리가나 챔피언스리그는 그 레벨이 다르다.

단숨에 세계적인 레벨로 성장하면 모르겠다만, 지금으로선 그 가능성이 희박한 이야기.

동료에 대한 근본적인 생각이 바뀌지 않는다면 이런 문제는 계속해서 반복될 터였다.

그랬기에 원지석은 우선적으로 공을 뺏는 훈련보다 위치 선정을 중점으로 벨미르를 굴렸다.

"또 벌어진다!"

"아이 씨!"

연습경기에선 다른 선수들과 함께 뛰며 호흡을 맞추었다. 그들은 헉헉거리면서도 멈추질 않는 벨미르를 신기하다는 듯 보았다.

사람이 한계에 몰리면 이성적인 판단이 흐려진다. 이런 상황에서 팀원과 발을 맞추는 건 그 근본을 바꾸는 데 도움을 줄 것이다.

물론 시즌을 진행하는 선수에게 이런 짓을 시킨다면 엄청난 과부하가 따라오겠지만, 당장 선발로 나오지 않기에 가능한 훈련이었다.

원지석은 벨미르가 퍼지지 않도록 마사지를 비롯한 피로 회복 트레이닝을 병행하며 쉴 때는 확실한 휴식을 주었다.

"아아아악!"

아이스 체임버 안에서 벨미르의 비명이 샜다.

안쪽에 샤워 부스 정도의 공간이 있는 이 기구는 영하 160도까지 떨어진 액체질소를 이용해 컨디션 회복을 도왔다.

크리스티아누 호날두나 맨유의 유망주인 래쉬포드는 이 기구를 집에 따로 마련했을 정도고, 이미 많은 선수들이 아이스 체임버를 애용하는 중이었다.

뭐, 체험자는 엄청난 고통을 느낀다지만.

"저 일정을 따라오는 놈도 독하다."

옆에서 구경하던 케빈이 질린다는 얼굴로 입을 열었다. 솔직히 말해 이 내기가 오래갈 거란 생각은 하지 않았다.

그러나 이 주일 정도가 지난 지금, 녀석은 이를 악물며 고난도의 일정을 견뎌내고 있었다.

"참 대단한 승부욕이네요."

그 점은 원지석도 고개를 끄덕였다.

내기에서 지지 않겠다는 승부욕.

그게 지금 벨미르를 받치는 버팀목이었다.

"좀 그 인성만 고치면 될 텐데."

쯧 하고 혀를 찬 원지석이 태블릿을 켰다. 다음 경기를 위해 스카우트 팀에서 분석한 자료였다.

며칠 전 분데스리가가 시작되었다.

라이프치히는 1라운드에서 함부르크를 상대로 수월한 승리를 거두었고, 브레노가 교체로 리그 데뷔를 치렀다.

이제 이적 시장도 거의 끝나가는 만큼 선수들의 유출을 가장 조심해야 할 순간이기도 했다.

「[키커] 재계약에 제동이 걸린 라이프치히」

그러던 와중 라이프치히 팬들의 발등에 불을 붙인 소식이 전해졌다.

막힘없이 진행되던 선수들의 재계약에 제동이 걸린 것이다.

그 원인을 알 수 없었기에 사람들은 많은 추측을 쏟아냈다. 주급 조건이 맞지 않아서? 혹은 계약기간이? 아니면 다른 팀으로 이적할 마음이 생겼다던가.

「[키커] 선수들의 요구는 감독의 재계약」

선수들이 원하는 조건이 밝혀졌다.

그들은 감독인 원지석의 재계약을 원했다.

원지석은 라이프치히에 올 때 3년이란 계약을 맺었다. 그리고 이제 2년이 남은 상황. 짧다고 할 순 없지만 길다고도 할 수 없다.

거기다 그는 첼시 시절 환상적인 성적을 거두었지만 미련 없이 독일로 떠났다.

이번에도 마찬가지다.

만약 원지석의 요청으로 재계약을 했지만, 정작 감독인 그가 선수들을 남겨두고 떠난다면?

이미 전례가 있었기에 선수들의 불안한 심리는 계약이란 확실한 약속을 원했다.

"진지하게 생각을 해볼게요."

원지석은 그렇게 답변하며 거취에 대한 고민을 시작했다. 솔직히 말해 계약기간 이후에 대해선 막연한 생각일 뿐이었다.

혼자만의 판단으로는 안 된다.

캐서린과 함께 많은 이야기를 나누며 미래를 정해야만 했다.

이렇게 계약과 관련해 시끄러운 와중이지만 그들은 다음 경기를 준비하고 있었다.

상대는 레버쿠젠.

지난 시즌 후반기 라이프치히에게 리그 첫 패배를 안겨준 그 팀이었다.

그때 레버쿠젠이 거둔 승리는 라이프치히를 상대하는 방법에 힌트를 주었다는 평가를 받았다.

그건 바로 매우 뛰어난 윙어들이었다.

레버쿠젠에는 분데스리가에서도 최고로 꼽히는 윙어인 레

온 베일리가 있다. 이번 여름에도 많은 클럽들의 관심을 받았지만, 높은 가격 책정으로 떠날 것 같지는 않았다.

—양 팀의 라인업이 발표되었습니다. 레버쿠젠은 지난 시즌 후반기에 라이프치히를 꺾었던 그 라인업을 그대로 들고 나왔군요.

레버쿠젠은 포백을 꺼냈다.

벤델, 스벤 벤더, 조나단 타, 헨리치.

모두 자신의 재능을 만개했다고 평가받는 수비진이었다.

특히 수비형미드필더였던 스벤 벤더가 포백에서도 안정적인 모습을 보여주며 더욱 유기적인 구성을 짜게 되었다.

이어지는 미드필더로는 베일리, 아랑기스, 라스 벤더, 율리안 브란트가.

최전방에는 포얀팔로와 케빈 볼란트의 투톱이 자리 잡으며 442의 포메이션이 완성되었다.

전체적으로 빠르고 역동적인 라인업이었다.

이에 맞서는 라이프치히 역시 442의 포메이션이 나왔지만, 지난 시즌과는 다른 모습이 있었다.

바로 브레노의 선발이었다.

—여름 이적 시장을 통해 영입된 브레노 페레이라가 왼쪽 윙어로 선발 출전을 하게 되었습니다. 첫 선발이군요.

—포르스베리가 오른쪽 윙어로, 자비처가 처진 공격수로 나오며 전술에 변화를 준 라이프치히네요.

라이프치히의 포백은 할슈텐베르크, 우파메카노, 히메네스, 베르나르두가 구성되며 역동적인 수비진이 완성되었다.

이어지는 중원에선 브레노, 세리, 뎀메, 포르스베리가.

최전방에는 베르너와 자비처가 서며 레버쿠젠의 골문을 노렸다.

442와 442의 대결.

그러나 세부적인 전술은 달랐다.

—레버쿠젠이 빠르고 공격적이라면, 라이프치히는 강한 압박에서 나오는 파괴력을 노리는 거 같군요.

—어찌 보면 이 브레노 선수가 이번 전술의 핵심일지도 모르겠습니다.

중계 카메라가 브레노를 잡았다.

녀석은 터널에 있는 계단에서 몸을 풀고 있었다.

이번 선발은 예외적이라고 할 수 있었다.

지난 경기에서 교체로 들어가며 데뷔를 치렀지만, 바로 다음 경기에서 선발로 나올 줄은 예상하지 못했을 것이다.

그걸 가장 잘 알고 있는 것은 선수 본인이었다. 브레노의 험악한 얼굴이 긴장을 하며 더욱 굳어졌다.

그때 그런 녀석의 어깨를 잡는 손이 있었다.

터널을 지나던 원지석이었다.

"긴장하지 마. 할슈텐베르크가 도와줄 테니까."

어깨를 잡으며 속삭이는 말에 브레노가 슬쩍 고개를 돌렸다. 껌을 씹고 있던 할슈텐베르크가 한쪽 눈을 찡긋거리며 윙크를 보냈다.

"그리고 표정 풀어. 애들이 무서워하잖아."

그 말에 브레노가 아래를 보았다.

겁을 먹은 아이가 울먹거리는 게 보였다.

손을 잡고 입장하는 아이들을 에스코트 키즈라 부르는데, 평화와 화합을 의미하는 그 아이가 울음을 터뜨리려 하자 브레노가 당황하며 주위를 둘러보았다.

"꼬마야, 저 아저씨 무섭지?"

원지석이 무릎을 굽히며 주머니에서 무언가를 꺼냈다. 사탕이었다.

가끔 당분 보충을 위해 몇 개 넣어둔 밀크 캔디에 아이가 관심을 드러냈다.

"맛있니?"

"네!"

"울지 않고 갔다 오면 하나를 더 줄게. 비밀이다?"

그 말에 아이가 눈을 동그랗게 뜨며 검지를 입술에 붙였다. 퍽 귀여운 모습에 웃음을 터뜨린 원지석이 몸을 일으켰다.

터널 밖을 나가는 그 뒷모습을 보며 브레노가 손을 감싸는 부드러운 감촉을 느꼈다. 이제 나갈 시간이 되자 손을 잡은 아이가 비밀이라는 듯 검지를 떼지 않았다.

"쉬잇!"

"응, 쉿."

브레노가 어색한 손짓으로 검지를 입에 붙였다.

그 모습에 다른 선수들이 웃었다. 험악한 인상과는 달리 정말 인성이 못돼먹은 녀석이 아니라는 걸 알기 때문이다.

터널을 찍고 있는 카메라 덕분에 중계를 보던 사람들 역시 그 모습을 보았다.

—처음 브레노 선수를 봤을 땐 브라질의 갱이 아닐까 하는 우스갯소리가 있었죠?

—하하. 그런 말이 있긴 했죠.

선수들이 터널을 빠져나가며 그라운드에 들어섰다. 이윽고 악수가 끝나며 아이들이 터널을 향해 돌아가던 때였다.

한 아이가 라이프치히의 벤치를 향해 다가갔다. 안전 요원이 제지하려는 찰나 원지석이 먼저 나가 사탕을 하나 더 꺼냈다.

사탕을 받은 아이가 함박웃음을 지으며 돌아갔다. 라이프치히의 홈 팬들 역시 그 모습을 보며 미소를 지었다.

그러는 사이 모든 선수들이 자리를 잡으며 주심의 휘슬을 기다렸다.

삐이익!

브레노의 첫 선발이자.

라이프치히의 리벤지 매치가 시작되었다.

*　　　*　　　*

홈 팬들의 응원이 RB아레나를 쩌렁쩌렁 울렸다.

그들은 지난번의 패배를 되갚길 바라며 뜨겁게 달아올랐다.

라이프치히의 미드필더들은 이러한 응원에 힘입어 중원 싸움에서 우위를 가져갔다.

—라스 벤더의 압박을 벗어난 세리! 패스를 줄 곳을 찾습

니다!

세리의 길고 정확한 패스가 우측 측면을 파고들며 포르스베리에게 전달되었다.

평소와 달리 오른쪽 윙어로 나선 포르스베리는 왼쪽에서 뛸 때와 다른 움직임을 보였다.

왼쪽에선 측면 안쪽으로 파고 들어가며 강한 크로스를 날리거나, 동료와의 연계를 통해 공격에 가담하는 플레이메이커였다면.

—몸을 한 번 접는 포르스베리!

—빠른 드리블로 파고듭니다!

오른쪽에선 보다 직접적으로 움직이는 측면공격수에 가까웠다.

포르스베리의 움직임에 맞춰 처진 공격수로 나온 자비처가 측면으로 빠졌다.

순간 그에게 이끌렸던 수비수들은 차라리 포르스베리를 압박하는 게 낫겠다고 판단, 스벤 벤더를 제외한 나머지 선수들은 자리를 지키며 공간 수비를 했다.

스벤 벤더는 본래 벨미르 같은 투쟁적인 수비형미드필더였다.

센터백으로 포지션을 옮기면서도 그러한 특성이 드러났는데, 포르스베리를 거칠게 압박하며 공을 빼앗으려 한 것이다.

"아오 시벌!"

거칠게 부딪치는 스벤 벤더의 압박을 느끼며 포르스베리가 욕설을 내뱉었다. 슬쩍 심판을 보았지만 휘슬을 불 거 같지는 않았다.

결국 자비처에게 패스를 돌리려 할 때였다.

—패스를 끊어내는 아랑기스!

레버쿠젠의 중앙미드필더인 아랑기스가 몸을 날리며 공을 끊어냈다. 멋진 슬라이딩태클이었다.

아랑기스는 엄청난 활동량으로 공격과 수비를 도와주는 전형적인 박스 투 박스 미드필더였다.

포르스베리를 놓쳤던 그가 빠르게 수비에 가담하며 기어코 공을 따냈고, 그것을 라스 벤더에게 보냈다.

라스 벤더의 경우 형제인 스벤 벤더처럼 센터백을 뛸 수 있는 멀티플레이어이며, 중앙미드필더에서 뛸 땐 공격적인 재능마저 뽐내는 다재다능한 선수였다.

그런 라스 벤더를 중심으로 레버쿠젠의 역습이 시작되었다.

"다들 자리 잡아! 빨리!"

원지석은 공격에 나섰던 선수들에게 서둘러 복귀할 것을 촉구했다. 동시에 라스 벤더의 패스가 측면으로 길게 빠졌다.

공을 향해 달려가는 사람은 레온 베일리.

분데스리가 최고의 윙어 중 하나.

—아웃되려던 공을 안쪽으로 길게 차며 드리블을 시작하는 베일리! 빨라요!

—이미 자리를 잡고 기다리던 뎀메와 베르나르두가 공간 압박을 시도합니다!

지난번 패배의 원인은 베일리였다.

측면을 돌파하는 엄청난 속도와 환상적인 슈팅으로 인해 들어간 골. 그때 그 골은 결승골이 되었다.

원지석을 비롯한 코치진도 바보는 아니다. 그들은 레버쿠젠의 핵심인 양 윙어들을 묶어두기 위해 이번 전술을 짰다.

공간이 막힌 베일리는 라스 벤더에게 패스를 했고, 벤더는 다시 반대쪽 측면으로 공을 보냈다.

공을 받은 선수는 율리안 브란트.

포르스베리처럼 측면에서 플레이 메이킹을 하는 선수였다.

—패스 준비를 하는 율리안 브… 아아!!

―뒤에서 공을 빼낸 브레노 페레이라!

브란트의 뒤에서 몸을 집어넣으며 공을 빼내는 선수가 있었다. 왼쪽 윙어로 나온 브레노의 좋은 수비였다.

오늘 브레노에게 주어진 지시는 간단했다.

율리안 브란트를 압박하는 것.

레버쿠젠의 패스 줄기를 끊어내는 것만으로 반대쪽의 베일리마저 파괴력이 떨어질 것이다.

브레노는 공격에도 적극적인 가담을 하며 공수 양면으로 좋은 활약을 보여주었다. 할슈텐베르크가 뒤에서 든든히 받쳐주며 수비적인 부담을 덜었기에 거칠 게 없었다.

―오늘 브레노의 퍼포먼스는 엄청나군요!

중원에서 완전히 밀려 버린 레버쿠젠은 그만큼 풀백들이 더 많은 역할을 부담하는 중이었다.

물론 레버쿠젠의 좌우 풀백은 좋은 활약을 보여주는 유망주들이다.

왼쪽 풀백인 벤델과 오른쪽 풀백인 베냐민 헨리치는 때때로 경험 부족에서 나오는 실수가 있지만, 리그에서 괜찮은 풀백들로 꼽혔다.

그런 그들이 중원 싸움에 가담하고, 공격에 가담하고, 본업인 수비까지 하며 많은 부담을 짊어졌다.

—또다시 브레노를 따라잡는 헨리치!
—오늘 아주 열심히 뛰네요!

브레노는 달려오는 헨리치를 보며 멈추지 않고 크로스를 날렸다. 직선적으로 뻗어진 날카로운 크로스를 향해 베르너가 머리를 내밀었다.

퉁!

방향만 바꾼 헤딩이 골문으로 꺾였다.

—베르너어어!

하지만 공은 골라인을 넘지 못했다.

레버쿠젠의 수문장인 베른트 레노가 몸을 던지며 손을 뻗었고, 간신히 공을 쳐내며 막아냈기 때문이다.

세컨드 볼을 잡아낸 자비처가 슈팅을 때려보았지만 다시 한번 레노에게 막히며 찬스가 무산되었다.

—또다시 막아내는 베른트 레노!

—오늘 레버쿠젠이 실점하지 않는 건 이 골키퍼의 환상적인 선방 덕분입니다!

"다들 정신 똑바로 차려!"

공을 품에 꼭 끌어안은 레노가 수비진들을 질책하며 수비 라인을 잡았다.

국가대표 선배이자 세계 최고의 골키퍼인 노이어에 비해 관심을 덜 받는 편이지만, 그 역시 리그 최고의 골키퍼 중 하나.

레노는 베르너와의 일대일 상황에서도 슈퍼세이브를 보여주며 팀의 무실점을 유지하는 중이었다.

그렇게 전반전은 스코어의 변화 없이 하프타임에 접어들었다.

"브레노!"

라커 룸에 들어온 원지석이 브레노의 등을 찰싹 때리며 소리쳤다. 슈퍼 컵 때 다른 선수들이 갈굼받은 걸 떠올린 녀석이 움찔하며 떨었지만, 오히려 돌아온 것은 칭찬이었다.

"잘했어!"

"네?"

"계속 그렇게만 해!"

그렇게 말하며 지나가 버린 원지석은 코치진들과 후반부에 대한 논의를 꺼냈다. 그 모습에 브레노가 당황한 듯 볼을 긁적였다.

"항상 갈구지만은 않지."

같은 브라질 출신인 베르나르두가 피식 웃으며 입을 열었다.

"어때, 막상 경기를 뛰니 아무 생각도 안 들지?"

그 물음에 브레노가 고개를 끄덕였다.

터널에서 기다릴 때만 하더라도 꽤나 몸이 굳었는데, 경기를 뛰는 동안엔 긴장할 겨를도 생기지 않았다.

"후반에도 잘해보자고."

멍하니 음료를 건네받은 브레노가 이윽고 고맙다며 웃었다. 그 모습을 물끄러미 보는 녀석이 있었다.

벨미르였다.

그는 팔짱을 끼며 라커 룸의 선수들을 꾸준히 지켜보았다. 관찰 중이라 해도 좋을 것이다.

'동료.'

동료란 무엇인가.

원지석이 남긴 숙제는 아직까지 풀지 못한 상태였다.

선수마다 동료에 대한 생각이 달랐다. 누군가는 눈빛만으로 서로의 뜻을 알 수 있고, 누군가는 보지 않아도 동료의 플레이를 예측한다.

저렇게 물 한 병을 주고받으며 이야기를 하는 것도 동료인 걸까?

"다들 준비하자."

생각에 빠진 사이 라커 룸 대화를 끝낸 원지석은 박수를 치며 선수들을 내보냈다.

후반전이 시작되었다.

레버쿠젠은 전반전에 부진했던 포얀팔로를 빼고 베테랑 공격수인 슈테판 키슬링을 넣었다.

나이가 들며 신체적 능력이 떨어졌다 해도, 장신의 공격수인 그는 공격의 새로운 옵션이 되어줄 터였다.

브란트의 패스 줄기가 막히며 베일리가 본인의 기량으로 측면을 돌파하는 장면을 자주 볼 수 있었다.

이번에도 뎀메와 베르나르두가 공간 압박을 하자 그는 돌파 대신 크로스를 날렸다. 그 공을 키슬링이 머리로 받아냈다.

"저쪽 막아! 빨리!"

굴라치의 지시를 받은 우파메카노가 빠르게 움직였다.

하지만 이미 자리를 잡고 있던 볼란트가 슈팅 준비를 끝낸 상황. 땅에 한 번 튕기며 띄워진 공은 논스톱 발리슛으로 강하게 쏘아졌다.

쾅!

그 슈팅을 등으로 막아낸 우파메카노가 허리를 잡으며 쓰러졌다.

—코너킥을 얻어내는 레버쿠젠!
—동시에 팀닥터들이 빠르게 달려옵니다!

검사 결과 다행히 부상으로 이어지진 않았다.
우파메카노가 라인 밖에서 검사를 받는 사이 코너킥은 굴라치가 잡아내며 라이프치히의 역습이 시작되었다.
라인에 아웃된 선수는 그라운드에 바로 돌아오지 못한다. 그랬기에 한 명이 부족한 라이프치히가 공격적인 역습을 시도할 거란 생각은 들지 않았다.
그리고 그때.
측면을 빠르게 질주하는 선수가 있었다.

—공을 길게 치고 달리는 브레노! 헨리치를 따돌립니다!

갑작스러운 역습에 베르너와 자비처가 뒤따르며 그를 보조했다.
레버쿠젠의 선수들 대부분이 아직 복귀하지 못한 상황. 저 선수들을 모두 막아내기엔 역부족이다.

마침내 브레노가 페널티에어리어를 침범했다.

레노 골키퍼가 슈팅 각도를 좁히기 위해 나왔고, 남아 있던 수비수들은 패스를 하지 못하도록 공간 수비를 하며 선수들 사이를 막았다.

"슛해! 그대로 차!"

조나단 타의 수비가 예상 외로 견고하다는 걸 깨달은 베르너가 소리를 질렀다.

귓가를 파고든 그 외침에 이를 악문 브레노가 왼발 슈팅을 때렸다.

슈팅을 최대한 차단하기 위해 레노가 다리와 양손을 벌리며 그대로 주저앉았다. 하지만 아주 미세한 차이로 슈팅은 그 옆을 살짝 지나쳤다.

"이런 미친!"

베르너를 마크하던 조나단 타가 욕지거릴 내뱉으며 골문으로 뛰었다. 골문으로 구르던 공 걷어내기 위해 몸을 던진 슬라이딩태클이 잔디 위를 미끄러졌다.

하지만 그의 발은 끝내 공에 닿지 못했다.

공과 함께 골문 안으로 빨려 들어간 조나단 타가 잔디에 얼굴을 묻었다.

—고오오올! 놀라운 질주 끝에 데뷔골을 성공시키는 브레

노 페레이라아아!

―첫 선발에서 승점 3점이 될지도 모르는 골을 뽑아냅니다!

와아아아!!

브레노! 브레노! 브레노!

놀라운 데뷔골에 홈 팬들이 일어나 소리를 질렀다.

막상 골을 넣은 브레노는 실감이 나지 않는지 얼떨떨한 얼굴로 자신의 이름을 연호하는 관중들을 보았다.

"잘했어, 인마!"

그때 뒤에서 달려온 베르너가 그의 뒤통수를 때렸다.

순간적인 통증에 정신이 번쩍 든 브레노가 얼굴을 구기며 고개를 돌렸다. 그리고 그 눈이 크게 떠지고 말았다.

팀 동료들이 이쪽을 향해 달려오고 있었기 때문이다.

이윽고 데뷔골을 넣은 신고식처럼 선수들이 브레노를 격하게 안았다. 그중에선 베르너처럼 은근슬쩍 구타를 하는 녀석도 있었다.

벤치에서 그 광경을 물끄러미 지켜보던 벨미르가 고개를 갸웃거렸다.

'나는 저런 적이 있었던가.'

워낙 성격이 더러운 걸로 유명했기에 친구라고 할 녀석도 없는 편이었다. 그랬기에 골을 넣어도 저렇게 기뻐해 주는 녀석은 없었다.

이후 경기는 더 이상의 골이 터지지 않으며 그대로 끝났다.

브레노의 골이 결승골이 된 것이다.

「[키커] 브레노의 환상적인 질주!」

브레노는 언론의 칭찬을 받으며 경기 최우수선수로 뽑혔다. 팬들의 반응은 측면수비수가 아닌 공격수로 키워야 하는 게 아니냐는 설레발이 가득했다.

—라이프치히의 베일이 나타났어!

—아니, 이제 한 경기잖아. 진정 좀 하자.

폭발적인 측면공격수인 가레스 베일은 토트넘 시절 측면수비수로 선수 생활을 시작했지만, 이후 포지션을 바꾸며 세계적인 선수가 되었다.

물론 이제 겨우 첫 선발인 만큼 팬들의 과한 기대감일 뿐이었다.

그러던 와중 팬들이 기뻐할 만한 소식이 하나 더 전해졌다.

「[키커] 재계약을 체결한 감독과 선수들!」

사진에는 베르너, 포르스베리, 자비처를 비롯한 선수들과 그 가운데에 앉아 있는 원지석의 모습이 보였다.

그들은 테이블에 계약서를 놓고 한 손에는 펜을 쥐고 있었다.

감독인 원지석이 재계약에 응하며 선수들 역시 자신의 미래를 라이프치히에게 믿고 맡긴 것이다.

「[키커] 2년 연장에 합의한 원지석!」

이로써 원지석은 계약기간을 모두 지킨다면 총 5년이란 시간을 라이프치히에서 보내게 되었다.

이러한 재계약 소식에 첼시 팬들이 아쉬워하거나 질투하는 반응을 보였다. 물론 기뻐하는 라이프치히 팬들에겐 들리지 않는 소리지만.

「[오피셜] 말콤, 바이에른으로 이적」

원지석으로선 관심이 갈 만한 이적이 발표되었다.

첼시 시절 그가 영입하고, 당시 유럽 최고의 삼각 편대로 성장시켰던 선수인 말콤의 바이에른행이.

팀의 핵심 선수였던 말콤이 이렇게 떠난 이유로는 여러 가지가 있겠지만, 결국 본인의 기량 저하가 가장 컸다.

콘테는 모라타와 제임스의 투톱과 함께 그 밑에 아자르를 프리 롤로 두는 전술을 썼다.

이에 점점 입지를 잃은 말콤은 가끔 부여받는 기회에서도 부진한 모습을 보였고, 마침 리베리와 로벤의 대체자를 원했던 바이에른과 뜻이 맞물리며 독일행을 선택하게 되었다.

"원 감독님과 붙을 날이 기다려집니다. 바이에른을 위해 최선을 다할 거예요."

사람들의 관심을 끌 만한 요소가 추가된다는 건 곧 리그의 흥행으로도 이어진다.

해외 팬들은 새롭게 추가된 이야기에 분데스리가를 기웃거렸다.

「[오피셜] 챔피언스리그 조 추첨 발표」

이적 시장이 끝나고 마침내 이번 시즌 챔피언스리그의 조별 예선이 발표되었다.

그들이 속한 조는 B조.

라이프치히.

리버풀.

셀틱.

그리고 바르셀로나가 섞인 죽음의 조였다.

31 ROUND

주전 경쟁

「[키커] 혼돈의 B조!」

「[리버풀 에코] 힘든 싸움을 기다리는 리버풀!」

이번 조별 예선의 특이점이 있다면 바로 확실한 승부를 장담할 수 없다는 거였다.

바르셀로나는 현대 축구를 대표하는 팀 중 하나였고, 라이프치히의 감독인 원지석은 최근 유럽 축구계에 큰 성과를 남긴 사람이다.

첼시 시절에는 그 바르셀로나를 직접 격파했으니 어찌 될지는 모르는 상황.

거기다 리버풀은 팀의 핵심 선수인 살라를 앞세우며 매우 뛰어난 공격력을 과시했다. 어떤 팀이라도 그들을 앞에 두고선 골문을 조심하지 않을 수가 없을 것이다.

제일 약하다는 평가를 받는 셀틱 역시 홈에서는 막강한 모습을 보여주는 팀이었다.

특히 홈에서 바르셀로나를 잡은 이변마저 있었기에 목에 걸린 잔가시처럼 꺼림칙한 상대인 것은 분명했다.

「[BBC] 로저스, 조별 예선이 기다려진다」

셀틱의 감독인 브렌던 로저스는 특별한 인연이 있는 추첨이라며 다가올 챔피언스리그를 기대하는 모습을 보였다.

한때 그가 감독으로 몸을 담았던 리버풀과의 일은 많은 사람들이 알고 있다. 하지만 로저스가 말한 인연은 그것뿐만이 아니다.

「[런던풋볼] 로저스와 원지석의 인연?」

꽤나 오래된 이야기다.

원지석이 첼시에서 코치로 일할 당시.

그때의 유소년 감독은 다름 아닌 로저스였다.

이후 그는 능력을 인정받아 리저브 감독이 되었는데, 유소년 코치였던 원지석을 리저브 팀의 코치로 콜업 한 게 바로 로저스이기도 했다.

"당시 원은 어른의 경계선에 서 있던 꼬마였습니다. 나중에 훌륭한 감독이 될 거란 생각은 했지만, 이렇게 만나게 되니 묘한 기분이군요."

인터뷰를 하던 로저스가 멋쩍은 웃음과 함께 머리를 긁적였다.

무리뉴가 기르던 마스티프. 당시의 원지석을 표현하자면 그랬다.

녀석은 무리뉴나 다른 코치들의 가르침을 빠르게 흡수했다. 마치 사냥 방법을 교육받는 사냥개처럼, 싸우는 법을 훈련받는 투견처럼.

목줄이 풀린 지금은 그의 목을 물어뜯기 위해 이빨을 드러냈다.

"힘든 싸움이겠지만 우리는 이겨낼 수 있습니다."

리버풀도 원지석도.

로저스에겐 인연이 있는 조별 예선이었다.

* * *

"후우."

샤워를 끝내고 물기가 남은 머리를 수건으로 문지르던 원지석이 한숨을 쉬었다.

오늘 일정도 끝났다.

냉장고에서 맥주 한 병을 꺼낸 그가 쓰러지듯 소파에 앉았다.

TV를 켜니 챔피언스리그 조별 예선에 대한 방송이 나오고 있었다. 리버풀의 엠블럼을 물끄러미 보던 원지석은 프리시즌에 있었던 대화를 떠올렸다.

정확히는 리버풀과의 친선전이 끝나고 클롭과 나누었던 대화를.

'챔피언스리그에서 만나자는 말을 했지만, 이렇게 빨리 만날 줄은.'

기묘한 우연이었다.

클롭만이 아니라 한때 그를 지도하던 사람 중 하나인 로저스를 상대하게 되다니. 묘한 느낌이 드는 구성이란 걸 원지석 역시 느끼고 있었다.

가장 힘들 상대는 바르셀로나일 것이다.

그렇다고 나머지 팀들이 상대하기 쉽다는 말은 아니었다.

'살아남아야지.'

그래도 최근 라이프치히가 보여주는 퍼포먼스는 나쁘지 않았다. 새로운 유망주들이 빠르게 팀에 녹아들고 있다는 점도 고무적이었고.

레버쿠젠전 이후에도 브레노는 나쁘지 않은 활약을 보여주었다.

지난 경기에선 본래 포지션인 왼쪽 풀백으로 뛰며 팀의 무실점에 기여했다. 장점인 활발한 공격 가담 역시 꾸준히 해주며 상대 팀의 측면을 괴롭혔다.

교체로 나온 벨미르는 전보다 팀플레이에 적극적인 모습을 보이며 나아지는 모습을 보였다.

'변하고 있는 건가.'

최근 녀석이 무언가를 골똘히 고민하고 있다는 걸 알았다. 녀석의 성격상 어떤 식으로든 결론을 내릴 터였다.

"그 끝에 뭐가 있을지는 모르겠다만."

"원? 무슨 일 있어요?"

그때 욕실에서 목욕을 끝낸 캐서린이 나오며 원지석의 상념도 끝났다.

몸을 감싼 샤워 타월 아래에는 우윳빛 같은 다리가 쭉 뻗어져 원지석의 눈길을 끌었다.

그 끝에 칠해진 페디큐어를 멍하니 보던 원지석이 흠칫 정신을 차리며 딴청을 피웠다. 항상 보는 건데도 항상 설레다니,

신기한 일이다.

"원?"

무언가 장난스러운 미소를 머금은 캐서린이 그의 앞에 다가섰다. 살랑거리는 허벅지를 본 원지석이 결국 그녀를 품에 안았다.

"잠깐, 지금 씻었는데!"

그들은 아직 신혼이었다.

*   *   *

챔피언스리그 조별 예선의 첫 상대는 셀틱이었다.

하지만 그 전에 있을 분데스리가 경기가 먼저였다.

상대는 잉골슈타트 04.

몇 시즌 전 강등을 당했던 그들이 다시 1부 리그로 승격한 것이다.

추후에 있을 셀틱과의 경기가 그들의 홈인 셀틱 파크인 점도 있으니, 이번 경기를 앞두고 원지석은 부분적인 로테이션을 취하기로 했다.

"벨미르."

"음?"

"네가 선발이다."

첫 선발.

원지석의 말에 벨미르가 고개를 끄덕였다.

라이프치히의 선발 라인업은 보통 훈련장에서 발표를 한다. 다른 선수들 역시 로테이션이 이루어질 걸 알았기에 별다른 반응은 보이지 않았다.

선발 라인업을 모두 정한 원지석이 벨미르를 보며 고개를 갸웃거렸다.

무언가 홀가분한 얼굴이었기 때문이다.

그동안 고민하던 것에서 해답을 찾은 것일까.

"오늘은 가벼운 훈련만 할 거야. 정작 경기를 뛸 때 퍼지면 안 되니까."

"나는 문제없어."

"까불지 말고."

선발과 후보 명단에 이름을 올린 선수들은 대응 전략을 연습하며 서로 간의 호흡을 확인했다.

우려했던 벨미르와 다른 동료 간의 호흡 문제는 없는 거로 보였다. 일단은 말이다.

「[오피셜] 라이프치히, 선발 라인업 발표」

그리고 경기 당일.

라이프치히의 선발 라인업이 인터넷과 방송을 통해 공개되었다.

—오늘 경기에 앞서 대거의 로테이션을 실행한 라이프치히입니다.

—골키퍼 장갑까지 음보고가 끼며 코어 선수들을 제외한 나머지 선수들에겐 휴식을 주었군요?

그 말처럼 이번 시즌 리그 첫 선발인 음보고가 몸을 푸는 모습이 보였다.

포백은 브레노, 오르반, 일잔커, 클로스터만이.

중원에는 포르스베리, 캄플, 벨미르, 브루마가.

최전방에는 베르너와 오귀스탱이 자리를 잡으며 코어 선수 몇 명을 제외하곤 모두 휴식을 준 것이다.

이러한 로테이션 정책은 지난 시즌 초기에만 하더라도 너무 과한 게 아니냐는 비판을 받았지만, 어떻게든 이기는 모습을 보여주며 잠잠해진 상황.

대신 그들은 새로운 선수에게 초점을 맞추었다.

—오늘 처음으로 선발 라인업에 이름을 올린 선수가 있습니다. 벨미르 노바코비치라는 선수인데요?

—별명이 잘츠부르크의 로이 킨이라는군요. 실력은 어떨지 몰라도 어떤 스타일일지는 예상이 가네요.

중계 카메라가 벨미르의 모습을 잡았다.

개미 하나 못 죽일 거 같이 생긴 녀석에게 로이 킨이란 별명은 농담처럼 들릴 정도였다.

벨미르는 같은 신입생인 브레노와 함께 다니는 편이었는데, 험악한 얼굴의 브레노와 같이 있으니 더욱 대비되는 인상이었다.

만약 브레노에게 상파울루의 살인마라는 별명이 있었다면 사람들은 쉽게 납득했을지도 몰랐다.

삐이익!

경기가 시작되었다.

승격 팀인 잉골슈타트의 전략은 간단했다.

바로 시종일관 거친 플레이를 하며 라이프치히를 위축 들게 하는 것.

더욱이 이곳은 잉골슈타트의 홈인 아우디 슈포르트파르크였다. 그들은 라이프치히 선수들이 파울을 당할 때마다 엄청난 환호를 보냈다.

"방금 건 카드가 나왔어야죠!"

얼굴을 구긴 원지석이 대기심에게 항의를 했지만 그렇다고 해서 딱히 바뀌는 건 없었다.

심판은 파울을 불지언정 카드를 꺼내지 않았다. 이런 점은 경기가 점점 격하게 바뀌는 요소로 적용되었다.

"시발! 미친 새끼가!"

"독일어로 말해, 병신아."

자칫 스터드로 무릎이 찍힐 뻔했던 브레노가 몸을 일으키며 욕지거릴 내뱉었다.

반칙을 저지른 잉골슈타트의 선수인 트레슈는 오히려 적반하장적인 모습을 보이며 브레노와 부딪쳤다.

이윽고 선수들이 둘을 말리며 사건은 일단락되는 듯싶었다. 경고를 받은 트레슈가 어깨를 으쓱이며 돌아가는 걸 보니 이걸로 끝일 거란 생각은 들지 않았지만.

그들의 전술은 거칠지만 효과적이었다.

아직 어린 브레노의 멘탈이 흔들리기 시작한 것이다.

'이 개새끼들.'

심한 부상을 입을 뻔했던 브레노는 씩씩거리며 화를 가라앉히지 못했다.

다시 한번 경기가 시작되었다.

잉골슈타트의 우측 풀백인 트레슈와 라이프치히의 왼쪽 풀백인 브레노는 위치상 자주 부딪칠 수밖에 없었는데, 거친 플레이가 지속될수록 브레노의 손이 움찔거렸다.

—터치라인을 따라 달리는 트레슈!

—그 옆을 브레노가 따라잡습니다!

빠르게 달라붙어 몸을 집어넣는 수비는 브레노가 즐겨 쓰는 방식이기도 하다. 이번에도 몸을 집어넣으려던 그는 옆구리에서 느껴진 통증에 이를 악물었다.

은근슬쩍 팔꿈치로 옆구리를 가격한 트레슈가 브레노를 따돌리며 나아갔다.

“이 새끼가 진짜!”

결국 이성을 잃은 브레노가 손을 뻗었다. 유니폼을 잡아당길 건지, 아니면 살점을 움켜쥘 건지.

손가락 끝이 닿을 찰나였다.

“안 돼, 인마!”

하지만 갑자기 들린 외침에 브레노가 멈칫하며 고개를 돌렸다. 감독인 원지석의 소리인가 싶었지만 아니다.

수비 가담을 하러 달려오는 벨미르였다.

“뒈지기 싫으면 그 손 집어넣어!”

그렇게 소리친 벨미르가 발을 뻗었다.

트레슈가 드리블을 하기 위해 앞으로 나아갔던 공을 정확히 잘라낸 그가 수비수들에게 공을 전달했다.

"미안해요."

브레노가 본인을 자책하듯 머리를 긁적이며 입을 열었다. 벨미르는 그게 아니라는 듯 손가락을 까딱거리며 혀를 찼다.

"반칙을 하려면 교묘히. 방금 저질렀으면 빼도 박도 못 하고 카드였어."

"네?"

이건 또 무슨 소리란 말인가.

험악한 얼굴과 어울리지 않게 눈을 끔뻑이는 브레노를 뒤로하며 벨미르가 몸을 돌렸다.

"새끼들 참 거칠게도 한다."

팀 동료란 무엇인가.

나름대로 생각을 해봤다.

"나도 거친 거 참 좋아하는데."

결론은 그거였다.

내가 당하면 대신 갚아줄 녀석들.

혹은 녀석들을 대신해 복수해 줄 사이.

"선수들끼리 놀아보자고."

벨미르가 이를 드러내며 웃었다.

—아아! 또다시 충돌한 벨미르! 하지만 주심은 파울을 선언하지 않습니다!

—거칠지만 정말 귀신같은 수비 스킬이네요!

벨미르와 부딪친 트레슈가 고통을 호소하며 몸을 일으키지 못했다.

하지만 가까이서 지켜본 부심은 경합 중 일어난 사고이며 정당한 태클로 판단, 휘슬을 불지 않았다.

"저 새끼 진짜."

원지석은 황당한 얼굴로 벨미르의 플레이를 지켜보았다.

잉골슈타트의 거친 플레이는 물론 화가 났다. 그것도 엄청. 하지만 그렇다고 해서 똑같이 맞대응을 하면 결국 개판이 될 뿐이다.

하지만 지금 벨미르의 플레이는.

"저거 진짜 사고인가?"

무심코 원지석이 그런 말을 뱉을 정도로 완벽한 플레이를 보여주고 있었다.

팀플레이면 팀플레이, 정확한 타이밍에 들어가는 태클, 위치 선정 역시 개선되어 틈을 보여주지 않는다.

"그쪽 똑바로 움직여!"

거기다 고참 선수들에게 버럭버럭 소리를 지르며 멘탈을 잡아주는 부분에선 다른 사람이 들어간 게 아닐까 싶었다.

"속 시원하기만 한데 뭐. 애들 갈구는 거 보니 나이 좀 먹으면 주장 완장까지 채워도 되겠다."

옆에 있던 케빈이 즐겁다는 듯 킬킬거리며 벨미르의 플레이에 박수를 쳤다.

라이프치히 선수들의 전체적인 플레이가 거칠어진 게 아니다. 거기다 잉골슈타트에게 계속해서 당하기만 해서 그런지 벨미르의 플레이는 묘한 카타르시스마저 느껴질 정도였다.

"하지만 이래서야."

다크 히어로가 아닌 빌런 무리들이 아닌가.

계획이 점점 틀어지는 걸 느끼며 원지석이 한숨을 쉬었다.

*　　　*　　　*

「[키커] 거친 경기 끝에 승리를 거두다!」

결국 잉골슈타트와의 경기는 라이프치히의 승리로 끝났다.

골을 합작한 베르너와 포르스베리는 후반전에 교체로 빠졌으며, 대신 들어온 오귀스탱이 한 골을 더 추가하며 승리를 확정 지었다.

빼어난 활약을 보여준 벨미르는 키커에게 최고 평점인 1점을 받으며 경기 최우수선수로 꼽혔다.

그뿐만이 아니라 분데스리가 사무국이 뽑은 이 주의 베스트 11에 들어가며 그 활약을 인정받았다.

「[키커] 라이프치히의 새로운 문제아!」

사진 속에는 잉골슈타트 선수들과 몸싸움을 벌이는 벨미르와 그 뒤에 쓰러진 트레슈의 모습이 찍혀 있었다.

이날 벨미르는 풀타임을 뛰며 단 하나의 옐로카드도 받지 않았다.

만약 심판의 눈을 속인 파울이라면 영상 판독 이후 추가 징계가 떨어질 수 있지만, 리플레이를 돌려도 정당한 몸싸움이라는 결과가 나왔다.

"이건 말도 안 됩니다. 벨미르의 끔찍한 태클을 모두가 보았고, 당연히 징계를 받아야 해요!"

잉골슈타트의 감독은 격한 분노를 숨기지 않으며 기자들에게 말했다.

벨미르에게 쓰러진 선수만 몇 명이던가. 비록 부상을 당하진 않았더라도 이 정도면 그 의도가 충분히 의심될 터였다.

"그 사람이 그런 말을 했나요? 정말요?"

다른 곳에서 인터뷰를 하던 원지석은 기자들의 질문에 고개를 갸웃거렸다.

설마 기삿거리를 만들기 위해 기자들이 이간질을 하는 건가 싫었다. 그러고도 남을 사람들이었으니까.

하지만 얼굴을 아는 믿을 만한 기자가 고개를 끄덕이며 수긍하자, 원지석이 당황스럽다는 듯 입가를 매만졌다.

"글쎄요. 만약 그 말이 사실이라면 그들의 플레이를 녹화해 보내줄 생각입니다. 아마 유니폼 색을 헷갈린 거 같네요."

수위 높은 답변에 기자들이 신나하는 게 보였다. 그 모습을 물끄러미 보던 원지석이 이내 고개를 저었다.

'문제아 정도라 다행인가.'

키커지가 벨미르에게 붙여준 별명을 그 역시 알고 있었다.

나중에 악명이 더 심해지기라도 한다면 악마까지 진화하는 건 아닐까.

그럴 경우 감독은 투견에, 수석 코치는 광인, 선수는 악마가 되는 환상적인 팀이 만들어지지 않겠는가. 여러 의미로 말이다.

'우선 이기는 것만 생각하자.'

벨미르는 앞으로 원지석이 주의 깊게 지켜보며 관리할 예정이었다. 선을 넘으면 바로 쳐낼 수 있도록.

독일에서의 인터뷰가 끝났다.

이제 그들은 챔피언스리그를 위해 스코틀랜드로 떠나야 했다.

*   *   *

스코틀랜드 글래스고.

호텔에서 하루를 보낸 라이프치히 선수들은 미리 예약해 둔 야외 훈련장에서 마지막 점검을 끝냈다.

그들이 탄 버스가 셀틱 파크에서 멈췄다.

셀틱의 홈인 셀틱 파크는 6만 명을 수용하는 거대 경기장이다.

라커 룸 대화까지 끝마친 그들은 조용히 생각할 시간을 가지거나, 팀 동료들과 떠들며 긴장을 풀었다.

"그럼 잘해봐."

"사고 치지 말고요. 시비 걸리면 일단 미안하다는 말부터 하고."

"뭐래."

원지석의 말에 케빈은 어이가 없다는 듯 손을 저으며 관중석을 향해 떠났다.

심판을 조롱했던 케빈은 징계를 받았기에 이번 경기를 포함해 3경기의 유럽 대항전에서 벤치에 앉지 못한다.

때문에 지난번처럼 관중에 섞여 문자를 통한 피드백이 이루어질 것이다. 썩 불편하긴 했어도 지금으로선 최선의 일이었다.

—양 팀의 선수들이 입장합니다.

—지난 리그 경기에선 로테이션을 돌렸던 만큼 핵심 선수들이 모두 복귀한 라이프치히입니다.

라인업이 발표되었다.

셀틱은 포백으로 티어니, 아예르, 시무노비치, 루스티그가 자리를 잡았고.

미드필더진에는 싱클레어, 브라운, 은챔, 포레스트가.

최전방에는 맥그리거와 뎀벨레가 자리를 잡았다.

공격형미드필더인 맥그리거의 움직임에 따라 4411과 442를 넘나드는 전술이라고 보면 좋았다.

이에 맞서는 라이프치히의 전술은 공격적인 느낌이 강했다.

포백에는 할슈텐베르크, 우파메카노, 히메네스, 베르나르두가.

중원에는 포르스베리, 세리, 뎀메, 브루마가.

최전방에는 베르너와 자비처가 서며 공격 시엔 양 윙어가 적극적으로 나아가는 424 전술에 가까웠다.

—벤치에 앉아 있는 마르빈 콤퍼 선수가 보입니다.

마르빈 콤퍼.

본래는 라이프치히의 소속이었던 선수.

팀이 하부 리그일 때부터 함께했으며, 1부 리그 준우승까지 함께했지만 이후 우파메카노에게 주전 자리를 밀리며 이적을 택한 센터백.

이제 34살이 된 그는 선수 생활의 황혼을 준비하는 중이었다.

원지석과는 인연이 없지만 팬들은 콤퍼를 기억한다. 비록 선발이 아닌 벤치에 있더라도 경기의 흥미를 돋울 또 하나의 이야깃거리였다.

"오랜만이군, 원!"

"그러네요. 잘 지냈어요?"

"스코틀랜드 생활도 그렇게 나쁘진 않아."

그렇게 말한 로저스가 쓴웃음을 지었다.

지금도 치열했던 EPL 시절을 기억한다. 끝내 우승을 하지 못하고 무너졌던 13/14 시즌도.

그렇게 원했던 우승 트로피는 결국 들지 못했다. 그런 트로피를 두 번이나 차지한 이 젊은 감독을 보면 대단하다는 경외와 부럽다는 질투가 생겼다.

물론 선수 탓을 하고 싶진 않았다. 그때 리버풀을 이끌었던 수아레즈는 최고의 선수였으니까.

"우리가 이길 거야."

"기대할게요."

감독 중에는 자존심이 높은 사람이 꽤 많다. 로저스 역시 그런 사람 중 하나였다.

경외심이 드는 상대를 꺾는 건 모든 축구인이 느끼는 호승심일 것이다.

삐이익!

경기가 시작되었다.

오늘 두 팀의 콘셉트는 확실했다.

우선 라이프치히는 이 경기에서 반드시 승점 3점을 얻어내야만 한다.

뒤이어 있을 리버풀과 바르셀로나와의 경기에서 패배하거나 비길 가능성을 배제할 수 없기 때문이다.

승점 1점이 매우 중요한 상황에 원정경기라고 소극적인 자세를 취하진 않을 터였다.

이런 점을 셀틱 역시 알고 있었다.

그들은 이 챔피언스리그 B조에서 가장 약체란 걸 자각하는 중이고, 이 점을 적극적으로 이용하며 역습에 나섰다.

—패스를 잘라낸 셀틱의 역습이 시작됩니다!

—공을 몰고 달리는 싱클레어!

싱클레어는 스완지 시절 좋은 활약을 보이며 잉글랜드의 미래라 불렸던 유망주였다.

이후 맨 시티로 이적했으나 주전 자리를 잡는 데 실패하고, 쫓겨나듯 다른 팀들을 전전하면서도 폼을 회복하지 못했다.

그런 싱클레어에게 손을 뻗은 사람이 스완지 시절 그를 지도했던 로저스였다. 셀틱에 입단한 후 그는 훌륭한 퍼포먼스와 함께 팀의 무패 우승을 이끌었다.

라이프치히의 전술이 공격적인 것도 싱클레어가 측면을 빠르게 달릴 수 있는 요소 중 하나가 되었다.

—싱클레어가 브루마를 제칩니다!

—하지만 베르나르두가 있어요!

중앙으로 드리블을 하려던 싱클레어는 따라붙는 베르나르두를 보며 얼굴을 구겼다.

생각보다 정확히 들어오는 압박에 혀를 찬 그가 중앙으로 공을 보냈다. 그 공을 받은 사람은 역습에 가담한 맥그리거였다.

그가 공을 소유하지 않고 원터치 패스를 찔렀다.

날카로운 패스가 우파메카노를 지나치며 페널티에어리어를

침범했다. 그리고 수비수들 사이를 파고들며 그 공을 쫓는 사람이 있었다.

마지막 방점을 찍으려는 선수.

셀틱의 스트라이커인 무사 뎀벨레였다.

—뎀벨레! 단독 찬스예요!

쾅!

강렬한 슈팅이 골문 구석을 향해 쏘아졌다.

굴라치 골키퍼가 재빨리 몸을 던졌지만 끝내 닿지 못한 슈팅이 골대에 맞았다.

'제발, 시발, 제발!'

땅에 떨어지면서도 굴라치의 눈은 공에서 떨어지지 않았다. 영화 속 초능력자들처럼 눈빛만으로 슈팅을 밀어내면 얼마나 좋을까.

하지만 공이 안쪽으로 튕기며 골라인을 넘는 순간, 굴라치가 눈을 감는 것과 동시에 팬들의 엄청난 환호성이 경기장을 가득 채웠다.

와아아!

—고, 고오올! 환상적인 역습으로 골을 뽑아내는 무사 뎀

벨레에! 원더 키드라는 말이 아깝지 않는 골!

—싱클레어부터 시작된 아주 멋진 연계였습니다!

골을 넣은 뎀벨레가 관중들 앞까지 달려가 두 팔을 넓게 벌렸다. 그 오만한 셀레브레이션에 팬들은 더욱 자지러지며 소리를 질렀다.

유럽에서도 주목받는 유망주인 뎀벨레는 골을 넣는 감각이 뛰어난 스트라이커다.

그만큼 많은 팀들이 그를 노렸으며, 이번 시즌이 사실상 셀틱에서의 마지막 시즌이라 봐도 좋았다.

그 말은 셀틱으로선 선수의 몸값을 올릴 수 있는 마지막 기회이며, 선수 역시 더 높은 위상의 클럽으로 이적할 수 있는 기회이기도 했다.

"정신 똑바로 차려!"

터치라인에 있던 원지석이 어이없게 골을 먹히는 걸 보며 선수들을 향해 소리를 질렀다.

"뎀메, 너 이 새끼! 왜 수비 가담을 안 했어!"

손가락으로 지적당한 뎀메가 머쓱한 얼굴로 머리를 긁적였다.

방금 실점 장면은 그의 늦은 복귀가 지대한 영향을 끼쳤다. 그랬기에 알겠다는 듯 고개를 끄덕인 그가 자리로 돌아갔다.

이후 골을 만회하기 위해 라이프치히가 거센 공격을 퍼붓기 시작했다.

하지만 셀틱의 골문은 굳게 닫혀 쉽게 골을 허용하지 않았다. 뎀벨레를 제외한 나머지 선수들이 모두 수비에 가담하고 있었기에 더욱 그랬고.

오히려 셀틱의 역습을 힘겹게 막아내는 모습이 나올 정도였다.

—다시 한번 마크에 실패하는 디에고 뎀메!

—오늘 무슨 일이 있나요? 계속해서 실수를 보여주는 뎀메입니다! 컨디션이 영 좋지 못하군요!

중계진이 허무하게 공을 놓친 뎀메를 혹평했다.

그 정도로 오늘따라 최악의 퍼포먼스를 보여주던 뎀메는 점점 조급한 모습을 보여주었다.

삐이익!

셀틱에겐 너무나 만족스러운 전반이 끝났다. 하지만 라이프치히에겐 최악에 가까운 상황.

"너희 뭐 하냐? 여기 놀러 왔냐?"

쾅!

.철제 캐비닛을 거칠게 찬 원지석이 몸을 돌렸다. 살벌한 얼

굴엔 핏대가 서 있었다.

라이프치히에선 좀처럼 화를 내지 않았던 그였기에 선수들은 바짝 얼어 있었다.

"지난 시즌엔 우승도 했겠다, 이번에도 계속 이기고 있으니 뭐라도 된 거 같지? 응? 셀틱 같은 스코틀랜드 촌구석 팀은 그냥 이길 수 있을 거 같고?"

답답하다는 듯 넥타이를 거칠게 푼 그가 한숨을 쉬었다.

그리고는 선수들의 얼굴 하나하나를 보았다. 지금 이 말을 잊지 말라는 것처럼.

"똑똑히 들어! 내 팀에 절대적인 주전은 없어!"

그래도 모르겠다면?

어떻게 될지는 몸소 깨달을 수 있을 것이다.

"벨미르!"

"준비됐어."

원지석의 호명에 벨미르가 조끼를 벗으며 몸을 일으켰다.

뎀메의 끔찍한 퍼포먼스에 일찍부터 몸을 풀게 했으니 바로 투입되어도 문제는 없었다.

"네가 뎀메 대신 들어간다."

벨미르가 이를 드러내며 웃었다.

그 말을 기다리고 있었다는 듯이.

*　　　*　　　*

—라이프치히가 선수교체를 알리는군요.

—오늘 부진한 모습을 보인 디에고 뎀메가 빠지고 대신 벨미르 노바코비치가 들어갑니다.

카메라가 벤치에 앉은 뎀메를 잡았다.

그늘이 진 얼굴은 근심으로 가득 찼다.

본인마저 이해가 가지 않는 최악의 퍼포먼스, 그에 따른 이른 교체와 주전 자리를 잃을지도 모른다는 부담감이 뎀메를 덮쳤다.

벤치에 있던 다른 선수들이나 코치들이 그런 뎀메를 위로했지만 원지석은 뒤도 돌아보지 않았다.

그렇게 엄포를 놓았는데 바로 달래는 모습을 보인다면 결국 아무것도 바뀌지 않을 것이다.

'이제 중요한 것은.'

새로 들어온 녀석이 어떤 퍼포먼스를 보여줄지에 따라 결정될 터였다.

뎀메를 대신해 들어간 벨미르는 생애 첫 챔피언스리그 경기에 주위를 둘러보았다.

벤치에서 보던 것과 그라운드 안에서 보는 경기장은 다르다. 심지어 공기 맛마저 다른 것 같았다.

"스으읍."

코로 깊게 숨을 쉰 녀석은 이내 킥 하고 웃음을 터뜨렸다.

지금 이 자리에.

보스니아의 미친개가 눈을 떴다.

*　　　　*　　　　*

후반전이 시작되었다.

라이프치히는 풀백들까지 공격에 가담하며 공격적으로 나섰다.

후방에는 벨미르와 두 명의 센터백들이 넓게 자리를 잡으며 역습에 대비했다.

사실상 벨미르 혼자 포백을 지키는 셈이지만, 셀틱이 엉덩이를 깊숙이 내렸기에 과부하가 걸릴 정도는 아니었다.

경기를 지켜보는 사람들 역시 부진한 모습을 보인 뎀메가 빠진 것에 대해 고개를 끄덕였다.

동시에 후방 플레이 메이킹을 해줄 수비형미드필더가 없다는 것에 아쉬움을 드러냈다.

—이번 여름 이적 시장에서 유망주들이 아닌 정상급 선수를

사와야 했어!

—누가 오겠냐??

—우리 팀에도 앤디가 있었다면!

누군가는 첼시의 앤디를 부르며 입맛을 다셨다.

앤디는 원지석의 페르소나라 불릴 정도로 다재다능한 선수였다. 실제로 원지석의 밑에서 제로톱부터 최후방 플레이메이커까지 다양한 역할을 맡기도 했고.

교체로 들어간 벨미르는 뛰어난 잠재성을 가진 유망주지만, 후방 플레이메이커와는 거리가 먼 유형이었다.

—역습을 차단한 라이프치히! 볼을 돌리며 천천히 공격에 나섭니다!

싱클레어의 스루패스를 차단한 우파메카노가 오른쪽에 있던 베르나르두에게 공을 넘겼다.

"야! 지금 뭐 하는 거야!"

그때 버럭 소리를 지르는 사람이 있었다. 뎀벨레를 마크하던 벨미르가 우파메카노에게 삿대질을 하며 소리쳤다.

"라커 룸에서 감독 말 못 들었어?"

"뭐?"

"골을 넣으려면! 공을 앞으로 보내야지!"

셀틱의 골문을 가리킨 벨미르가 잔소리를 퍼부었다. 그러다가 공격에 가담하기 위해 서둘러 뛰어가는 뒷모습을 보며 우파메카노가 고개를 저었다.

"미친 새끼 아냐, 저거."

그런 모습을 다른 사람들 역시 지켜보았다.

관중석에 있던 케빈은 박수를 치며 웃음을 터뜨렸고, 벤치에 앉은 원지석은 묘한 얼굴로 안경을 고쳐 썼다.

'왜 로이 킨이란 별명이 붙었는지 알겠군.'

로이 킨.

맨유의 전설적인 주장.

그는 최고의 실력과 함께 최악의 성깔을 가진 선수였다. 그러나 승리에 대한 굶주림은 로이 킨을 최고의 주장으로 만들어주었다.

그런 것처럼.

저 애송이의 승부욕은 동료들에게 끊임없이 자극을 주고 있었다.

'신기한 녀석이야.'

녀석을 보면 앤디가 떠올랐다.

급박한 상황에서도 자신이 무엇을 해야 하는지 이해하고, 실행했던 미드필더를.

지금 동료들을 자극하는 벨미르 역시 마찬가지다. 녀석은 원지석의 말을 이해하며 선수들에게 더욱 공격적이도록 채찍질을 가했다.

물론 둘은 전혀 다른 선수다.

벨미르는 앤디처럼 환상적인 개인기를 하지 못한다. 날카로운 패스도, 프리킥 역시 마찬가지다.

성격도, 플레이 스타일도 다른 둘을 비교하는 게 과연 의미가 있을까 싶어도… 원지석으로선 재미있는 비교였다.

지금은 알 수 있다. 녀석은 앤디가 가지지 못한 걸 가지고 있다는 걸.

그건 바로 리더십이다.

팀원들이 믿고 따르게 하는 능력.

거기다 감독의 뜻을 이해하고 이를 실행하는 점은 그 유형이 다를지라도 앤디를 떠올리게 했다.

'물론 앤디도 계속 경험이 쌓이면 달라지겠지만, 벨미르 저 놈은 천부적인 리더야.'

"그쪽 막아! 야!"

그런 생각을 하거나 말거나 벨미르는 본인의 역할에 충실한 중이었다.

그 지옥 같은 훈련에서 수비 위치 선정을 개선한 게 큰 도움이 되었다. 베르나르두를 올려 보내더라도 적절한 위치에서 미리 자리를 잡고 있었으니까.

그때 자비처의 슈팅이 셀틱의 수비수를 맞고 튕겼다.

오늘 셀틱의 역습을 지휘하는 싱클레어가 다시 그 공을 잡으며 돌파하려 할 때였다.

"어딜 가, 새끼야!"

옆에서 슬라이딩태클을 시도한 벨미르가 공을 먼저 빼내는 데 성공한 것이다.

싱클레어가 넘어지는 모습에 셀틱의 홈 팬들이 경악했다. 하지만 깔끔한 태클이란 걸 깨달은 그가 서둘러 일어난 뒤 공을 향해 달라붙었다.

누운 상태에서 그 공을 자신의 가랑이로 모으고, 미끄러지듯 몸을 돌린 벨미르가 세리에게 패스를 보냈다.

—아! 이상하긴 하지만 매우 훌륭한 태클과 패스였습니다!

—정말 독특한 캐릭터네요!

"너네 뭐 하냐? 자냐?!"

몸을 일으킨 벨미르가 고참 선수들에게 버럭버럭 잔소리를 뱉었다. 아니, 이걸 잔소리라 할 수 있을까.

"지랄도 참."

"별 미친 또라이가 나타났네."

적어도 경기장 안에서는 반말이 허용된 벨미르였기에 다른 선수들이 쓴웃음을 지었다.

만약 이상한 말이었다면 그들도 화를 냈을 것이다. 하지만 묘하게 잔소리를 들으면서도 기분이 나쁘지 않았다. 그것도 재주라면 재주였다.

뒤에서 들리는 소리를 들으며 세리가 어깨를 으쓱였다. 동시에 역습을 시도하던 셀틱의 선수들이 아직 자리에 복귀하지 못한 모습이 보였다.

'기회다.'

순간 베르너와 눈이 마주쳤다.

베르너 역시 지금 이 순간이 절호의 기회라는 걸 깨달았는지 수비 라인을 타고 달리는 중이었다.

퉁!

빠르게 보내진 공을 받은 베르너가 그대로 몸을 접으며 수비수들 사이를 파고들었다.

—발을 뻗어 태클을 시도하는 시무노비치! 두 명의 수비수들이 베르너에게 붙었습니다!

유니폼을 잡아당기는 손을 뿌리친 베르너가 앞으로 나아갔다. 동시에 슈팅 각도를 막으려 다가오는 데 브리에스 골키퍼가 보였다.

—베르너어어어!

쾅!

강한 슈팅이 쏘아졌다.

슈팅은 셀틱의 골키퍼인 데 브리에스를 스치며 골 망을 크게 흔들었다.

—고오올! 라이프치히의 전형적인 득점 루트가 나왔습니다!

—정말 자주 보이는 골 장면이지만, 그만큼 막기 힘든 조합이 아니겠습니까? 이번에도 골을 합작하는 세리와 베르너!

골을 넣은 베르너가 카메라 앞까지 달려가 셀레브레이션을 펼쳤다. 다른 선수들 역시 동참하기 위해 뛰어갔는데, 그것을 멀뚱히 보고만 있는 사람이 있었다.

벨미르였다.

방금까지 소리를 지르던 녀석은 멀뚱히 그 모습을 지켜보며 머뭇거리는 중이었다.

"뭐 해, 꼬마! 이리 와!"

그때 자비처가 벨미르를 향해 손짓했다. 멋쩍은 듯 고개를 저은 그가 몸을 돌릴 때였다.

"저 새끼 잡아!"

"미친, 뭐 하는……!"

갑자기 뒤에서 자신을 덮치려 달리는 선수들을 보며 기겁한 벨미르가 복싱처럼 두 손을 들었다.

그러거나 말거나 까불지 말라는 듯 장난을 끝낸 선수들이 만족한 얼굴로 자신의 자리로 돌아갔다.

짧은 시간 동안 만신창이가 되어 잔디에 누웠던 벨미르가 상체를 일으키며 헝클어진 머리를 정리했다.

"미친놈들."

"그래도 나쁘진 않잖아?"

그때 세리가 손을 뻗으며 말했다.

그 손을 잡고 일어난 벨미르는 얼떨떨한 얼굴로 볼을 긁적였다.

"기분 나빠 할 줄 알았는데."

잘츠부르크에서도 지금처럼 선수들에게 경기 내내, 아니, 시즌 내내 지랄을 한 적이 있었다.

결과는 나쁘지 않더라도 감정의 앙금은 풀리지 않았다. 벨미르의 성격상 그런 걸 신경 쓰는 타입도 아니고.

"기분 나빠 하는 선수도 당연히 있지. 그러니 이렇게라도 푸는 거야."

싸우는 것보다 이 편이 훨씬 귀엽지 않겠는가.

그렇게 말한 세리가 자신의 자리로 돌아갔다.

그 말을 곰곰이 곱씹던 벨미르는 이내 고개를 갸웃거리며 뒤늦은 대답을 뱉었다.

"그럼 지금 같은 짓거리를 또 하겠다고?"

삐이익!

대답 대신 경기 재개를 알리는 휘슬 소리가 울렸다.

셀틱은 천천히 공을 돌리며 공격 찬스를 엿보았다. 승점 1점 역시 그들에겐 나쁘지 않은 결과다.

오히려 조바심이 드는 건 라이프치히일 터니 그들은 상대 팀의 압박을 기다리며 역습을 준비했다.

라이프치히 역시 그들의 속내를 알면서도 조심스레 압박에 들어갔다. 승점 3점이 아니면 아쉬울 건 그들이었다.

—이번에도 백패스를 보내는 시무노비치.

—라이프치히의 압박이 워낙 거셉니다.

최전방인 베르너부터 시작된 압박은 셀틱을 거세게 몰아붙였다. 셀틱 역시 공을 빼앗기지 않기 위해 골키퍼에게까지 백패스를 보냈다.

공을 몰고 나가던 데 브리에스 골키퍼의 눈이 이채를 띠었다. 수비수들 사이로 뛰어가는 뎀벨레의 모습이 보였기 때문이다.

쾅!

강한 골킥이 중원을 넘으며 길게 뻗어졌다.

목표는 뎀벨레가 서성이는 최전방.

수비 라인을 어슬렁거리던 뎀벨레가 먼저 공을 받았다. 센터백들을 등지고 가슴으로 공을 받아낸 그가 그대로 몸을 돌리려 할 때였다.

"저 새끼 막아! 아니, 죽여!"

그렇게 소리치며 달려오는 사람이 있었다.

이제는 셀틱 선수들도 노이로제가 걸릴 그 목소리.

—벨미르와 브루마가 빠르게 수비에 가담합니다!

미친놈처럼 눈을 희번덕거리며 뛰어오는 모습에 소름이 끼친 뎀벨레가 몸을 돌렸다. 에워싸이기 전에 돌파를 할 생각이었다.

다만 이번에는 보내줄 수 없다는 듯 우파메카노와 히메네스의 협력수비는 그를 꼼짝없이 묶는 데 성공했다.

워낙 역습적인 전술이기에 셀틱의 다른 선수들이 도와주러 오기에는 시간이 부족한 상황.

결국 뎀벨레의 개인 능력으로 이 위기를 모면하는 수밖에 없었다.

이를 악문 뎀벨레가 수비수들과 몸싸움을 벌였다. 어릴 때부터 피지컬은 괜찮았기에 쉽게 밀리진 않았다. 그렇게 버티던 중 우파메카노가 태클을 위해 발을 들었다.

'지금!'

뎀벨레가 그 사이로 공을 빼내기 위해 발을 들었다.

하지만 공은 그 자리에 붙은 것처럼 꼼짝도 하지 않았다.

"……!"

고개가 돌아가고 시선이 옮겨졌다.

뒤를 돌아본 뎀벨레의 눈이 부릅떠졌다.

어느새 왔는지.

뒤에서 뎀벨레의 다리 사이에 발을 넣은 벨미르가 공을 누르며 씨익 웃는 모습이 보였기 때문이다.

"뭐 좆만아."

이 말, 한번 해보고 싶었어.

그렇게 말하며 가랑이 사이에서 공을 빼낸 벨미르가 세리에게 롱패스를 날렸다.

벨미르의 정확한 태클에서 시작된 역습이 시작되었다. 공을 받은 세리를 중심으로 포르스베리와 자비처가 움직였고, 브루마는 언제든지 측면을 달릴 준비가 되었다.

셀틱은 이번에도 엉덩이를 깊게 내리며 라이프치히의 공격을 버텨냈다.

포르스베리와 세리는 단단한 수비진을 뚫어야 하는 지공 상황에서도 재능을 발휘하는 선수다.

전반전에는 그게 막혀 제대로 되지 않았지만, 동점이 된 이후부터 기세는 라이프치히의 것이 되었다.

—라이프치히 선수들이 페널티에어리어 앞에서 공을 돌립니다.

포르스베리에서 세리, 세리에서 자비처, 자비처가 다시 세리에게.

셋은 빠른 연계로 셀틱의 수비진을 흔들었다. 특히 자비처의 빈틈을 파고드는 움직임에 다른 수비수들이 움찔하고 흔들리는 모습을 보였다.

"지금."

"지금?"

포르스베리의 말에 세리가 고개를 갸웃거렸다. 그래도 무슨 생각이 있겠지 하며 공을 보냈다. 스르륵 흐르는 공을 향해 포르스베리가 달렸다.

그리고 그대로 슛.

쾅!

오늘 아쉽게 골문을 빗겨간 포르스베리의 중거리 슈팅이 이번에는 골문 구석을 향해 정확히 휘었다.

철썩!

부드럽게 빨려 들어간 슈팅이 골 망을 흔들었다.

잠시간의 정적.

곧 원정 팬들의 함성과 함께 침묵이 깨졌다.

고오오올! 기어이 역전에 성공하는 라이프치히! 셀틱 파크의 관중들이 침묵에 빠지네요!

환상적인 골을 성공시킨 포르스베리가 원정 팬들에게 달려가 셀레브레이션을 보였다.

스코틀랜드까지 따라온 원정 팬들은 라이프치히의 머플러를 높이 들며 응원을 멈추지 않았다.

이후 동점골이라도 만들기 위해 셀틱이 엉덩이를 들었다.

반대로 라이프치히는 더 이상의 골은 필요하지 않다는 듯 여유롭게 경기를 풀어갔다.

삐이익!

그렇게 경기가 끝났다.

2 : 1.

더 이상의 골이 터지지 않으며 그대로 경기 종료의 휘슬이 울린 것이다.

* * *

경기가 끝나며 긴장을 풀고, 한숨을 쉬던 원지석이 이쪽을 향해 다가오는 사람을 발견했다.

적장이자 패장인 로저스였다.

그가 쓴웃음을 지으며 손을 내밀었다.

"아쉽군."

"힘들었어요."

그 손을 마주 잡은 원지석이 말했다.

거짓이 아니다. 포르스베리의 환상적인 골이 터졌을 땐 자기도 모르게 벤치에서 튀어 나가 소리를 질렀으니까.

"다른 팀은 안 맡을 거예요?"

"다른 팀? 글쎄."

셀틱에서 뛰어난 성적을 보여주는 로저스에게 관심을 보이는 곳은 많았다.

뎀벨레처럼 그 역시 머지않아 팀을 떠날 것으로 보였는데, 아직 확실한 결정은 내리지 못한 모양이었다.

"어디로 가든 언젠가는 다시 만나겠지."

“그렇죠.”

그 말을 끝으로 둘은 포옹과 함께 서로의 등을 두드려 준 뒤 헤어졌다.

그렇게 해서.

한결 가벼운 마음으로 독일로 돌아오게 된 라이프치히였다.

「[BBC] 셀틱에게 승리를 거둔 라이프치히」

「[키커] 포르스베리의 환상적인 역전골! 위기의 팀을 구하다!」

사람들은 포르스베리의 환상적인 골을 주목했다.

동점인 상황, 후반전, 거기에 페널티에어리어 밖에서 때려버린 중거리 슈팅이었기에 모두가 그의 이름을 떠들었다.

「[키커] 벨미르의 심상치 않은 활약」

「[빌트] 또 하나의 보물을 발견한 원지석?」

후반전과 함께 교체로 들어간 벨미르 역시 적지 않은 시선을 끌었다.

좋은 수비력과 함께 보여준 투쟁적인 모습은 팬들에게 좋은 인상을 심어주는 데 충분했기 때문이다.

때문에, 누군가는 원지석이 새로운 유망주를 발굴한 게 아니냐는 말을 꺼냈다. 제임스와 앤디처럼 차세대 발롱도르를 노릴 녀석을.

정확히는 단장인 랄프 랑닉이 데려왔고, 감독으로서 선수를 성장시키는 건 다른 이야기지만.

셀틱과의 챔피언스리그 이후로 벨미르는 점차 자신의 자리를 넓혀갔다.

기존의 주전 수비형미드필더였던 뎀메와 번갈아가며 선발 라인업에 이름을 올리기 시작한 것이다.

그것은 벨미르만이 아니라 브레노 역시 마찬가지였다.

최근 브레노는 특유의 공격적인 모습과 엄청난 활동량으로 팬들에게 많은 지지를 받았다. 붙박이 주전이었던 할슈텐베르크가 안심하지 못할 정도로.

「[빌트] 라이프치히의 살벌한 주전 경쟁!」

물론 뎀메와 할슈텐베르크가 아직까진 주전에서 밀렸다고 할 정도는 아니지만, 나중엔 어찌 될지 모르는 일.

어쩌면 신입생들이 주전 자리를 차지하기까지 그리 오랜 시간은 필요하지 않을지도 몰랐다.

—너무 가혹하지 않아?

—이러다 유망주들이 망하면 어쩌게?

반대로 이러한 주전 경쟁을 비판하는 사람도 있었다. 바로 전에 있던 쾰른과의 경기에서 패배를 당했기에 더욱 그랬는지도 모른다.

오랫동안 활약한 선수가 잠깐 슬럼프를 겪고 주전 자리를 잃는다면, 누가 팀에 충성하며 누가 팀에 오겠냐는 소리였다.

그들의 말처럼 주전 자리를 대신 차지한 유망주가 성장의 한계를 보이는 경우도 적지 않았다.

이러한 논란이 SNS를 뜨겁게 달구자, 결국 감독인 원지석이 직접 입을 열었다.

"우리 팀에 고정된 선수는 없습니다. 저는 자신의 자리에 안주하며 몰락하는 팀을 바로 옆에서 보았거든요."

첼시에서의 일을 말하는 거였다.

전 시즌엔 우승을 차지하고, 다음 시즌은 강등권에서 허우적거렸던 때를 원지석은 절대 잊지 못한다.

그때의 일은 트라우마처럼 그의 마음속에 깊게 각인되었다.

"기회는 누구에게나 있습니다. 다시 말하지만 누구에게도요. 기회를 잃은 선수가 있다면 그 선수에게도 다시 기회를 줄 겁니다. 그것마저 싫다면 팀을 떠나야죠."

원지석은 자신의 뜻을 분명히 전했다.

이는 선수들에게도 전해졌고, 뎀메와 할슈텐베르크 역시 자신의 자리를 위해 싸운다는 의지를 밝혔다.

결국 중요한 건 팀이다.

누군가의 말처럼 시즌은 길다.

그들은 자신의 가치를 증명할 기회를 받을 것이다. 그 기회를 잡는 건 선수들의 몫이었고.

「[키커] 안필드로 떠날 준비를 하는 라이프치히 선수들」

이제 그들은 챔피언스리그 조별 예선 2차전을 준비했다. 그 상대는 다름 아닌 잉글랜드의 리버풀.

이번 프리시즌에 열렸던 인터내셔널 챔피언스 컵에서 라이프치히를 꺾었던 그들이, 이제는 챔피언스리그에서 만나게 된 것이다.

물론 프리시즌은 프리시즌일 뿐이다.

양 팀 다 전력으로 나선 게 아니었기에 그 경기만으로 섣부른 예상을 하기엔 무리가 있었다.

그럼에도 현재 분위기는 리버풀이 더 좋아 보였다.

라이프치히는 바로 전에 있었던 분데스리가 경기에서 패배를 기록하며 분위기가 좋지 못했다.

거기다 리버풀은 챔피언스리그에서 바르셀로나와의 무승부를 거두고, 이후 상승세를 이어가고 있기에 기세가 최고조인 상황.

비록 라이프치히가 승점 3점으로 조별 1위를 하고 있다지만 안심할 처지는 아니다. 여기서 패배를 겪는다면 다시 뒤집힐 처지였으니까.

「[리버풀 에코] 클롭, 친선경기는 친선경기일 뿐」

클롭은 경기 전 인터뷰에서 프리시즌의 승리에 의미를 두어선 안 된다고 말했다.

“이제부터가 진짜 경기죠. 선수들도 그 사실을 잘 알고 있을 겁니다.”

“이번 시즌 뛰어난 활약을 보여주는 나비 케이타는 이제 친정 팀을 상대하게 됩니다. 어떻게 보십니까?”

나비 케이타.

지난 시즌 라이프치히를 떠나 리버풀로 이적한 미드필더.

지난 시즌 초반엔 잠시 적응기를 가졌던 케이타는 이내 뛰어난 퍼포먼스를 보여주며 팀의 중요 선수로 자리 잡았다.

이번 시즌에도 그 활약은 멈추질 않아 리버풀이 그 바르셀로나를 상대로 대등한 중원 싸움을 벌일 정도였다.

"글쎄요. 돌아가면 물어보도록 하죠."

어깨를 으쓱이는 클롭을 보며 기자들이 웃음을 터뜨렸다.

그렇게 몇 번의 질문이 더 오간 뒤 한 기자가 손을 들었다.

"첼시 시절 원 감독의 안필드 승률은 승리가 더 많은 편입니다. 이는 썩 유쾌하지 못한 기록일 텐데요?"

한 기자의 질문에 클롭이 웃었다.

확실히 원지석이 이끌던 첼시는 무서웠다.

하지만 그게 겁먹을 이유는 되지 않는다. 그의 자신감은 대답을 통해 가감 없이 전해졌다.

"여긴 안필드입니다. 누가 와도 자신 있어요."

*　　　*　　　*

—독일로 떠난 원지석 감독이 다시 한번 안필드를 찾았습니다.

—EPL 시절에는 꽤나 치열한 경기를 보여준 두 감독인 만큼 기대가 되는 경기네요.

리버풀의 관중들이 붉은색 머플러를 높이 들며 노래를 불렀다.

YNWA.

머플러에 적힌 문구.

You'll Never Walk Alone이라는 노래를 팬들이 응원가로 도입하며, 이제는 리버풀을 상징하는 문구가 되었다.

경기장을 가득 채운 리버풀의 팬들이 응원가를 부르며 머플러를 흔드는 모습은 장관에 가까웠다.

—양 팀의 라인업이 발표되었습니다.

—모두 베스트 라인업을 꺼냈군요?

리버풀은 포백에 로버트슨, 마티프, 반 다이크, 클라인이 서며 수비진을 구축했고.

중앙에는 랄라나, 케이타, 헨더슨이.

최전방에는 마네, 피르미누, 살라가 자리 잡으며 날카로운 공격력을 과시하는 433의 포메이션이 완성되었다.

—이에 맞서는 라이프치히의 라인업입니다.

라이프치히 역시 포백을 꺼냈다.

수비 라인은 할슈텐베르크, 우파메카노, 히메네스, 베르나르두가.

중앙에는 브레노, 세리, 뎀메, 포르스베리가.

최전방에는 베르너와 자비처가 투톱으로 서며 442 포메이션의 방점을 찍었다.

—오늘 브레노의 선발은 라이프치히가 어떤 전술을 꺼냈는지 말해주는 거 같군요.

—살라의 폼이 워낙 좋으니까요. 그런 살라를 압박하기 위한 카드인 거 같습니다.

안필드의 파라오라 불리는 살라는 이번 시즌에도 팀의 공격을 책임지며 많은 골을 넣었다.

더군다나 반대쪽 측면공격수인 마네 역시 폼을 회복하며 공격포인트를 꾸준히 적립하는 중이었고.

이렇게 상대 팀의 측면을 초토화시키는 측면공격수들을 상대로 원지석은 브레노라는 카드를 꺼냈다.

브레노는 살라를 전담마크 하며 기회가 날 때마다 공격에 가담할 것이고, 마네는 포르스베리와 베르나르두가 1차 압박을, 뎀메가 2차 압박을 할 예정이었다.

"말이 씨가 된다더니, 이렇게 만날 줄은 몰랐어요."

"뭐 어때. 그만큼 재미있으면 되는 거지, 안 그래?"

익살스러운 클롭의 말에 원지석이 피식 웃음을 터뜨렸다.

그래. 그 말이 맞았다.

터널에는 케이타가 라이프치히의 동료들과 이야기를 나누고 있었다. 그라운드에선 죽일 놈, 개새끼가 되어도 밖에서까지 그럴 필요는 없지 않겠는가.

"새로운 감독님은 어때?"

"음, 아무래도 평범한 사람은 아니지? 열정적이고."

다른 선수들과 눈빛 교환을 하던 베르너가 조심스레 답했다. 카메라가 돌아가는 와중에 차마 돌아이라는 대답을 할 수는 없었다.

그때 눈을 빛낸 자비처가 되물었다.

"그럼 클롭 감독님은 어때?"

"음? 뭐 열정적인 분이지."

이쪽도 별반 다를 건 없는지 케이타가 쓴웃음과 함께 답변을 얼버무렸다.

삐이익!

그렇게 썩 나쁘지 않은 분위기 속에서 경기가 시작되었다.

선축은 라이프치히였다.

휘슬이 울리며 세리에게 공을 넘긴 베르너가 앞을 향해 뛰어갔다.

잠시 공을 가지고 있던 세리가 측면을 향해 공을 보냈다. 왼쪽 윙어로 나온 브레노가 재빠르게 뛰어가 스루패스를 받으며 앞으로 나아갔다.

—브레노가 빠르게 달립니다! 클라인과 헨더슨이 압박을 하러 오는군요!

압박을 피하지 않고 코앞까지 달려간 브레노가 그대로 크로스를 쏘아 올렸다.

페널티에어리어를 향해 휘어지는 얼리크로스를 보며 반 다이크가 자리를 잡았다.

하지만 재빠르게 뛰어와 끼어든 녀석이 있었다. 휘슬과 함께 최전방까지 뛰어온 베르너였다.

—반 다이크와 베르너의 헤딩!

튕긴 공이 높이 떠올랐다.

그리고 베르너보다 살짝 늦게 달려가던 자비처가 그 공을 보며 슈팅 자세를 취했다.

쾅!

강하게 쏘아진 슈팅이 골문을 향해 날아갔지만 이윽고 살짝 휘며 골문을 벗어났다.

—자비처의 아쉬운 슈팅!
—경기 시작부터 골을 노려본 라이프치히였습니다!

나름 회심의 슈팅이었는지 자비처가 쩝 하고 입맛을 다시며 자리로 돌아갔다.
이후 경기도 전체적으로 비슷한 흐름이 되었다.
양 팀 모두 세밀한 과정보다는 직접적인 공격을 시도했고, 강한 압박으로 상대 팀의 공격수들을 묶으려 했다.

—살라를 끈질기게 따라가는 브레노! 이번에도 속도에서 밀리지 않습니다!
—항상 빠른 발과 위치 선정으로 측면을 파괴하던 살라에겐 정말 천적이나 다름없네요!

"아오, 진짜!"
결국 터치라인 끝까지 달려가며 공을 아웃시키는 브레노 때문에 살라가 짜증 섞인 소리를 질렀다.
프리시즌의 일은 신경 쓸 필요가 없다는 걸 알지만 이 녀석은 여전했다. 아니, 그 짧은 시간 동안 더욱 짜증 나는 선수가 되었다.
라이프치히 역시 리버풀의 강한 압박에 세밀한 전개를 하기 힘든 상황이었다.

특히 헨더슨과 함께 열심히 수비에 가담하는 케이타는 베르너와 자비처의 특성을 잘 알고 있다는 듯 좋은 태클을 보였다.

반대로 베르너와 자비처 역시 옛 동료의 특성을 잘 알고 있다는 듯 둘이서 케이타를 따돌리는 장면이 나왔다.

그렇게 전반전이 끝나고.

후반전의 시간이 거의 다 지나가는 와중에도 골은 터지지 않았다.

삐이익!

결국 경기 종료를 알리는 휘슬이 울렸다.

—매우 타이트했던 경기가 이렇게 끝이 납니다!

—골이 없는 게 아쉽지만 그래도 재미있는 경기군요. 오늘 결과가 무승부라는 것에 대해 불만을 토할 사람은 없을 거 같습니다.

결국 양 팀은 승점 1점을 나눠 가지며 헤어졌다.

「[문도 데포르티보] 메시 해트트릭, 셀틱을 대파한 바르셀로나!」

다른 곳에선 셀틱을 홈으로 불러들인 바르셀로나가 승리를 거두었다.

이로서 라이프치히와 바르셀로나는 똑같은 승점 4점이 되었지만, 골득실에 앞선 바르셀로나가 선두에 올랐다.

라이프치히로서는 다가올 바르셀로나와의 경기에서 반드시 좋은 결과를 얻어야만 했다. 그래야 앞으로의 일정에서 초록불이 켜질 테니까.

리그에서의 성적은 좋다.

이 퍼포먼스를 유지해야 한다.

그들은 각오를 다지며 바르셀로나를 그들의 홈인 RB 아레나로 맞이했다.

하지만.

「[키커] 라이프치히, 바르셀로나에게 충격 패!」

그들의 앞에 빨간불이 켜졌다.

32 ROUND
한 골 차이

「[키커] 라이프치히를 혼쭐낸 그리즈만의 활약!」

사진에는 골을 넣고 포효하는 그리즈만의 모습이 찍혀 있었다.

그 말처럼 그리즈만은 442 포메이션에서 최전방을 책임지며 라이프치히의 수비진을 초토화시켰다.

두 골과 하나의 어시스트.

그날 그리즈만이 기록한 공격포인트였다.

공격포인트만이 아니라 그가 보여준 퍼포먼스는 라이프치

히 수비진들의 악몽이 되기 충분했다. 아니, 당시 선발로 뛰었던 오르반 같은 경우는 정말 악몽을 꾼 모양이었다.

「[키커] 챔피언스리그에서의 앞날이 불안정해진 라이프치히」

기사 구석에는 원지석의 모습이 작게 붙여져 있었다. 손으로 눈가를 덮으며 한숨을 쉬는 모습이.

최악의 결과.

다른 말은 필요하지 않을 상황.

패배의 원인을 찾자면 여러 이유를 들 수 있을 것이다. 전술 실패, 아무것도 하지 못하며 무기력하게 무너진 선수들 등등.

하지만 이런저런 핑계를 대어도 결국 시간을 되돌릴 수는 없다. 뒤바뀐 순위표가 그걸 증명했다.

바르셀로나 7점.

리버풀 5점.

라이프치히 4점.

셀틱 0점.

셀틱을 꺾은 리버풀이 2위로 올라섰고, 패배를 당한 라이프치히는 3위로 미끄러졌다.

챔피언스리그 본선에 나갈 수 있는 건 1위와 2위뿐이다. 남은 일정도 쉽지 않았기에 자연스레 불안한 예측이 흘러나왔다.

이러다 조별 예선에서 떨어지는 건 아닐까?

지난 시즌의 준결승 진출은 팬들의 기대감을 어느 때보다 높였다. 그런 만큼 이대로 떨어지게 된다면 실망스러운 반응이 적지 않을 상황.

"아직 경기는 남았습니다."

원지석의 말처럼.

이제 겨우 조별 예선의 반을 지났을 뿐이다.

물론 안심할 상황이 아니라는 건 원지석 역시 알고 있다. 이제는 남은 일정에서 최선을 다해야만 하는 상황.

남은 세 경기는 바르셀로나, 셀틱, 리버풀의 순서대로 치러지기에 한 경기라도 어긋나선 안 됐다.

우선 바로 다음에 있을 바르셀로나와의 경기를 준비해야만 했다.

「[문도 데포르티보] 발베르데, 우리는 자신감이 넘친다」

바르셀로나의 감독인 에르네스토 발베르데는 지난번의 승리로 자신감을 얻었다고 말했다.

다음 경기가 라이프치히의 홈이라 해서 겁을 먹을 필요는 없다는 인터뷰였다. 물론 그렇다고 방심을 해선 안 된다는 이야기도 덧붙였지만.

"후우."

그 기사를 보던 원지석이 한숨을 쉬며 안경을 벗었다. 콧잔등을 꾹꾹 주무르던 그가 의자에 등을 기대고선 눈을 감았다.

'시발.'

바르셀로나에게 3 : 0으로 진 경기는 원지석에게도 큰 충격을 주었다.

준비해 둔 모든 것이 무너질 때의 참담한 그 기분. 다시는 맛보고 싶지 않은 엿 같은 느낌이었다.

'이겨내야지.'

원지석이 눈을 떴다.

손바닥으로 마른세수를 한 그가 창밖을 보았다.

오늘 자 훈련은 끝났지만 남아서 추가 훈련을 받는 선수들이 보였다. 그들 역시 큰 충격을 받은 모양이었다.

그를 믿고 따라오는 선수들을 위해서라도, 여기서 쓰러질 수는 없었다.

「[키커] 라이프치히의 분풀이, 마인츠를 대파!」

「[빌트] 두 명이나 터진 해트트릭!」

이후 라이프치히는 분데스리가에서 분풀이를 하듯 골 파티를 벌였다.

베르너와 자비처가 해트트릭을 기록하며 6골이란 스코어를 기록한 것이다.

라이프치히로선 다행인 일이었다. 우울한 분위기를 끊어내기 위한 반전이 필요했으니까.

「[키커] 멀티골을 몰아친 베르너! 프랑크푸르트를 침몰시키다!」

이어지는 프랑크푸르트전에선 또다시 베르너가 멀티골을 넣으며 다시 한번 승리를 이어갔다.

곧 있을 조별 예선의 네 번째 경기를 앞두고 거둔 승리였기에, 라이프치히로선 다행스러운 승리였다.

「[빌트] 바르셀로나를 맞이할 준비를 끝낸 라이프치히」

이번 경기는 라이프치히의 홈인 RB아레나로 바르셀로나가 찾아온다.

예선은 승점제이기 때문에 원정골 같은 건 없었다. 단 한 골. 단 한 골로만 이겨도 3점이란 승점을 가질 수 있다.

바르셀로나 선수들을 태운 버스가 RB아레나 앞에서 멈췄다.

정장을 입은 선수들이 내리자 야유가 쏟아졌지만, 그들은 여유로운 얼굴로 헤드폰을 고쳐 쓰며 태연히 입장했다.

—라이프치히에겐 챔피언스리그 분수령이 될지 모르는 경기입니다.

—아직 경기가 남았지만 어떻게 될지 모르니까요. 하지만 객관적인 상황으로는 리버풀이 더 나은 게 사실이군요.

셀틱이 리버풀을 상대로 힘겨워 보이는 만큼, 이 경기에서 최소 승점 1점이라도 거두어야 하는 라이프치히였다.

양 팀의 라인업이 발표되었다.

바르셀로나는 지난 경기와 똑같은 442 포메이션을 다시 한 번 꺼냈다.

포백에는 알바, 움티티, 피케, 세메두가.

중원에는 쿠티뉴, 라키티치, 부스케츠, 세르지 로베르토가.

최전방에는 그리즈만과 메시가 서며 무시무시한 이름값을 가진 스쿼드가 완성되었다.

이에 맞서는 라이프치히는 가끔씩 꺼내던 쓰리백을 꺼내

들었다.

우파메카노, 오르반, 히메네스가 최후방을 담당했고.

윙백으로는 브레노와 베르나르두가.

중원에는 세리와 뎀메가 섰으며.

공격진에는 포르스베리, 베르너, 자비처가 쓰리톱을 꾸리며 343 포메이션을 완성시켰다.

—홈인데도 쓰리백으로 나온 이유는 역시 그리즈만과 메시의 투톱 때문인 거 같습니다.

그리즈만과 메시 모두 전통적인 스트라이커는 아니다.

그랬기에 전형적인 스트라이커인 수아레즈가 전술에 따라 로테이션을 뛰기도 했다. 나이가 들며 폼이 떨어졌다지만, 그래도 골감각만은 남은 선수였으니까.

하지만 라이프치히를 상대로 발베르데는 메시와 그리즈만이란 조합을 꺼냈다.

처진 공격수와 가짜 공격수의 만남은 라이프치히의 수비진을 박살 내는 데 성공했다.

오히려 리그에서 쓸 때보다 강한 퍼포먼스를 보여줬는데, 투톱의 컨디션에 따라 확실히 굉장한 파괴력을 내는 조합이었다.

"어떻게 될 거 같냐?"

징계가 끝난 케빈이 벤치에 앉아 껌을 씹으며 물었다.

"글쎄요. 지금부터 알 수 있겠죠."

옆에 앉은 원지석이 다리를 꼬고 팔짱을 끼며 대답했다.

익숙지 않은 쓰리백.

평소 훈련장에서 연습을 했다지만 완벽하다고는 말할 수 없었다.

패배 이후 쓰리백을 집중적으로 준비했다지만, 과연 얼마나 통할지는 지금부터 알게 될 터였다.

삐이익!

경기가 시작되었다.

라이프치히는 적극적인 압박으로 바르셀로나 선수들의 패스플레이를 방해했다.

공을 가지고 있지 않을 때에는 최전방의 쓰리톱 역시 압박에 가담했기에, 그들의 전술은 세 줄 압박이라 할 수 있었다.

—뎀벨레에게서 공을 빼앗는 브레노! 바로 역습을 시작합니다!

—오늘 라이프치히의 공수 전환은 아주 빠르네요!

강한 압박과 빠른 공수 전환.

오늘 라이프치히가 꺼내 든 키워드.

마치 클롭의 게겐프레싱을 떠올리게 하는 이 전술은 원지석이 분데스리가 축구에서 느낀 점을 녹여낸 전술이었다.

—몸을 접고 빠르게 세메두를 제친 브레노! 브레노! 브레노오오!

페널티에어리어에 진입한 브레노가 각이 없는 상태에서 그대로 슈팅을 날렸다. 하지만 테어슈테겐 골키퍼가 선방으로 막아내며 무산되었다.

욕심을 냈던 브레노가 혀를 내밀며 머쓱한 얼굴로 머리를 긁적였다.

—오늘 브레노 페레이라는 마치 측면공격수처럼 엄청난 공격을 보여주고 있습니다.

—라이프치히 팬들에게서 공격수로 포지션을 바꿔야 한다는 요구가 괜히 나오는 게 아니죠? 하하.

브레노는 매우 빠른 발과 엄청난 체력으로 공격과 수비를 뛰어다니는 선수다.

원지석은 그런 브레노를 이번 쓰리백 전술의 핵심으로 삼았다. 수비는 뒤에 있는 쓰리백이 더 부담하며, 공격 능력을 마음껏 뽐내도록 말이다.

거기다 수비 역시 활발히 가담하고 있기에, 현재 가장 눈에 띄는 선수라 해도 과언이 아니었다.

“좀 더 압박해! 숨 쉴 구멍을 주면 안 돼!”

터치 라인에 있던 원지석이 포르스베리에게 손짓하며 소리쳤다. 그 말에 포르스베리가 고개를 끄덕이며 세르지 로베르토를 압박하는 데 도움을 주었다.

그러다 로베르토의 패스가 뎀메에게 차단되고 말았다.

뎀메는 그 공을 세리에게 주었고, 동시에 라이프치히의 역습이 다시 한번 시작되었다.

—세리의 송곳 같은 패스! 포르스베리가 좋은 터치로 받아냅니다!

포르스베리가 공을 받자마자 공을 뺏기 위한 바르셀로나의 압박이 들어왔다.

오늘 중앙미드필더로 나온 세르지 로베르토는 다양한 포메이션을 뛰는 멀티플레이어다.

발베르데 체제에선 주로 오른쪽 풀백으로 뛰며 좋은 퍼포먼스를 보여주었고, 최근에는 중앙미드필더로 뛰는 경우가 많아졌다.

뎀벨레가 앞으로 나갈 시엔 그 빈자리를 커버하며, 중원에서의 안정감을 우선으로 했기 때문이다.

그런 로베르토가 압박을 시작하자 포르스베리는 개인기로 벗어나는 대신 측면으로 스루패스를 찔렀다.

—다시 한번 공을 잡는 브레노!

—이번엔 예상하고 있었다는 듯 세메두가 자리를 잡고 기다리네요!

자신의 앞을 막는 세메두를 보며 브레노가 혀를 찼다. 마음 같아선 돌파를 하고 싶지만, 혹여 실수를 저지를까 무서웠기에 실행으로 옮기진 못했다.

대신 그는 로베르토의 압박을 벗어난 포르스베리에게 공을 건넸다.

포르스베리가 원터치 패스로 그걸 흘린 것도 동시였다.

—뒤꿈치로 방향만 바꾼 패스가 베르너에게!

—바르셀로나의 수비를 앞두고 베르너가 돌파를 시도합니다!

베르너는 메시처럼 화려한 개인기를 하지 못한다. 하지만 그게 없다고 해서 골을 넣지 말란 법은 없다.

'피케를 노려.'

경기 전 원지석이 해준 조언.

자연스레 그의 눈길이 피케를 향했다.

'가랑이를 노려. 알 까기 알지?'

이건 케빈이 해준 조언이었다.

베르너의 눈길이 아래로 내려가며 쩍 벌려진 가랑이에서 멈췄다.

'괜찮아. 몇 번쯤은 실수해도 돼.'

어깨를 두드리며 해준 원지석의 말은 베르너가 용기를 내는 데 도움을 주었다.

툭!

스르륵 흐른 공이 피케의 가랑이 사이로 빠졌다. 동시에 베르너가 폭발적인 스피드로 피케의 옆을 파고들 때였다.

공을 놓친 피케가 베르너의 유니폼을 잡았다. 아니, 잡아당겼다고 하는 게 옳은 표현일 것이다.

삐이익!

결국 베르너가 쓰러진 것과 동시에 주심의 휘슬이 길게 울렸다.

―PK! 페널티킥입니다!

―베르너의 유니폼을 잡았던 피케에게 옐로카드가 꺼내지는군요!

“잘못 본 거 아냐?”

“이건 오심이라고!”

바르셀로나 선수들은 과한 판정이 아니냐며 항의를 했지만 주심은 단호히 고개를 저었다.

그리고 멀뚱한 얼굴로 있는 피케를 손가락으로 까딱거리며 다가오게 했다. 이윽고 주머니에서 꺼내진 옐로카드가 높이 들렸다.

그러는 사이 라이프치히 선수들은 페널티에어리어에 공을 가져다 놓으며 준비를 끝냈다.

―다른 선수들이 페널티에어리어 밖으로 빠집니다.

―찰 준비를 하는 사람은 베르너군요?

키커는 베르너였다.

페널티킥을 얻어낸 그가 직접 마무리를 할 생각이었다.

“후우.”

깊게 숨을 내쉰 베르너가 뒤로 물러났다.

골문 앞에는 테어슈테겐이 요란하게 팔을 움직이며 심리전을 벌이고 있었다.

국가대표 동료이기도 한 그들의 눈이 마주치자 서로 씨익 웃는 것과 동시에 휘슬이 울렸다.

삐이익!

성큼성큼 뛰어간 베르너가 슈팅을 때렸다.

쾅 하고 때려진 슈팅은 골문 구석을 향해 정확히 쏘아졌다.

* * *

모두가 숨을 죽이며 그것을 보았다.

골문 구석으로 강하고 빠르게 쏘아진 슈팅.

군더더기 없는 완벽한 슈팅이다.

—베르너의 슛! 베르너어어!

하지만.

골키퍼가 읽었다면 의미가 없다.

공이 골라인을 넘으려는 찰나, 갑자기 뻗어지는 손이 있었다. 골키퍼인 테어슈테겐의 손이었다.

손바닥을 맞고 걸린 공이 낮게 튕겼다.

테어슈테겐이 그 공을 서둘러 잡자 세컨드 볼을 노리던 베르너가 탄식하며 고개를 저었다.

와아아!!

캄프 누의 홈 팬들은 위기의 상황을 막아낸 그들의 수문장을 보며 엄청난 환호를 보냈다.

—아아아! 막았어요! 페널티킥을 막아낸 테어슈테겐!

—절호의 찬스를 날려 버린 라이프치히입니다!

공을 꽉 끌어안은 테어슈테겐이 안도의 한숨을 쉬었다. 사실 도박에 가까운 선택이었다.

국가대표팀 훈련에서 베르너의 슈팅 연습을 도와준 적이 있었는데, 그때의 경험이 도움이 되었다.

"후우."

터치라인에 있던 원지석이 한숨을 쉬며 벤치에 앉았다. 실축은 아쉽지만 아직 경기는 끝나지 않았다.

이후 바르셀로나의 역습이 시작되었다.

왼쪽 측면미드필더로 나온 쿠티뉴는 플레이 메이킹을 하면서도 높이 올라가 공격에 가담하는 모습을 보였다.

특히 페널티에어리어 왼쪽 구석에서 오른발로 감아 차는, 일명 쿠티뉴 존이라 불리는 영역에선 주저 없이 슈팅을 날리기도 했다.

—다시 한번 쿠티뉴의 슈팅! 굴라치에게 막힙니다!
—계속 반복되는 슈팅인데도 참 무섭네요.

슈팅을 때렸던 쿠티뉴가 두 손으로 머리를 감쌌다. 발끝에서 전해진 느낌은 분명 좋았는데 생각보다 골이 터지지 않았던 것이다.

쓰리백은 확실히 라이프치히에게 단단한 방패를 주었다. 그러나 공격적인 한계 역시 드러났다.

—자비처의 슈팅이 움티티의 발을 맞고 나갑니다! 라이프치히의 코너킥!

생각보다 단단한 수비에 자비처가 먼 거리에서 골을 노려보았지만 들어가지 않았다.

"아까 페널티킥만 넣었다면."

경기를 지켜보던 어느 원정 팬의 말처럼.

라이프치히의 팬들은 베르너의 실축을 두고두고 아쉬워했다.

단 한 골. 단 한 골이면 승점 3점을 땄을지도 모르고, 그게 실축한 페널티킥이었을지도 몰랐기 때문이다.

물론 축구에 만약이란 없다.

삐이익!

결국 스코어의 변화 없이 경기 종료를 알리는 휘슬이 울렸다.

골을 넣지 못한 베르너는 멍하니 잔디에 앉아 어깨를 축 늘어뜨렸다. 죄책감, 절망감이 그의 어깨를 짓눌렀다.

그때 누군가가 그런 베르너의 옆에 다가와 한쪽 무릎을 꿇으며 앉았다.

원지석이었다.

그가 녀석의 어깨를 두드리며 말했다.

"네 탓이 아니다. 너 때문에 비긴 것도 아니고, 너 때문에 진 것도 아니니 그렇게 있지 마라."

이 말은 기자회견에서도 다시 반복되었다.

경기가 끝난 뒤 기자들은 먹이를 노리는 하이에나처럼 믹스트 존에 입장하는 원지석을 노려보았다.

"베르너가 페널티킥에서 실축하는 장면은 오늘 경기의 하이라이트라고 해도 좋을 겁니다. 실망스럽지 않으십니까?"

그들의 질문은 역시 베르너의 실축이 대부분이었다. 원지석은 그런 질문들을 일축하며 말했다.

"PK를 놓칠 수도 있죠. 저희에게 중요한 건 승점이었습니다. 우리는 원하던 결과를 얻었어요."

애초 그들의 목표는 승점이었다.

페널티킥이 아쉽긴 해도, 생각이 계속 그 실축에 머물러선 안 된다.

"이런 게 축구입니다. 살다 보면 이런 일이 있을 수도 있는 거죠. 베르너는 오늘 또 하나의 경험을 얻었고, 다시 한번 성장할 겁니다."

이후 이런저런 질문과 답변이 오가며 기자회견도 슬슬 끝낼 시간이었다.

"챔피언스리그에서 세 경기 연속 승리가 없다는 점은 팬들을 불안하게 만드는 요소일 겁니다. 무언가 하실 말씀은?"

그 말에 볼을 긁적인 원지석이 답했다.

가볍지도, 무겁지도 않은.

하지만 확신이 전해지는 말이었다.

"우리는 본선에 진출할 겁니다. 반드시."

*　　　*　　　*

「[스포르트] 발베르데, 기대하겠다!」

「[BBC] 셀틱과 비긴 리버풀! 라이프치히와의 승점 차이는 1점!」

원지석의 인터뷰를 들은 발베르데는 기대하겠다는 답변을

보냈다. 본선에서 다시 만나자는 말도 덧붙여서 말이다.

다른 곳에선 놀랍게도 셀틱이 리버풀을 상대로 비기며 승점 1점을 챙기는 데 성공했다.

이로써 챔피언스리그 B조의 네 번째 경기는 모두 무승부를 거둔 것이다.

바르셀로나 8점.

리버풀 6점.

라이프치히 5점.

셀틱 1점.

현재 라이프치히의 순위는 3위.

2위와의 승점은 단 1점 차이였다.

라이프치히는 분데스리가에선 계속해서 순항을 이어갔다. 특히 오귀스탱이 로테이션으로 생각보다 많은 골을 터뜨리며 자신의 입지를 다졌다.

「[키커] 셀틱을 초대하는 라이프치히!」

남은 두 경기가 그들의 홈인 RB아레나에서 열린다는 것은 좋은 일이었다.

하지만 셀틱은 리버풀을 상대로 후반전에만 세 골을 넣는 저력을 보여주며 무승부를 거두었기 때문에, 마냥 안심할 수는 없는 상황.

「[스카이스포츠] 로저스, 우리는 이기러 간다」

기적적인 무승부에 자신감이 붙은 셀틱은 기세가 오를 대로 오르며 독일로 떠났다.

—골입니다 골! 베르너의 환상적인 두 번째 골!
—지난번의 실축을 잊으라는 듯 펄펄 나는 모습을 보여주는군요!

아직 전반전이 끝나지 않았음에도.
라이프치히는 셀틱을 압도하는 모습을 보여주며 경기를 이끌어가고 있었다.
특히 바르셀로나와의 경기에서 실축을 했던 베르너가 이를 갈고 나온 모습이 눈에 띄었다.
그런 베르너가 다시 한번 기회를 잡았다.
이번엔 포르스베리의 환상적인 로빙 스루패스였다.
측면에서 높게 띄워진 공은 포물선을 그리며 수비수의 머리를 넘겼고, 동시에 베르너가 수비진의 틈을 파고들었다.
콱!

디딤발을 강하게 밟은 베르너가 곧바로 슈팅 자세를 취했다.

뒤로 빠졌던 발이 힘을 실으며 공중에서 떨어지던 공을 정확히 때렸다. 환상적인 발리 슈팅.

측면에서 각이 없는 상황에서 때린 슈팅이지만, 매우 강한 힘이 실린 공은 우격다짐으로 골문 구석을 후볐다.

텅!

골대를 맞고 튕긴 공이 오히려 안쪽으로 튕기며 골라인을 넘었다. 골키퍼가 손도 쓰지 못했던 강슛이었다.

—고오오올! 기어코 해트트릭을 달성하는 티모 베르너! 강하게 때려 넣습니다!

—과연 셀틱에게 지난 경기처럼 기적이 일어날 수 있을까요?

중계 카메라가 로저스를 잡았다.

그는 당황한 듯 괜히 콧잔등을 만지며 물을 마셨다.

이후에도 셀틱은 계속해서 공격을 시도했지만, 번번이 막히며 생각대로 풀리지 않았다.

그렇게 전반전이 끝났다.

베르너의 해트트릭으로 아주 수월하게 앞서 나간 전반전이었다.

"셀틱이랑 리버풀 경기 봤지? 절대 방심하지 마라."

라커 룸에서 원지석은 선수들에게 자만을 경계하라 말했다.

실제로 지난 경기에서 셀틱은 전반전에만 리버풀에게 세 골을 먹혔다. 그러나 후반전 동안 기어코 동점을 만들어낸 적이 있었다.

그게 바로 2주 전의 일이다.

그들이라고 해서 같은 꼴을 당하지 말란 법은 없지 않은가.

"정신 놓고 있는 새끼는 내가 다 보고 있을 거다. 각오해."

원지석의 으름장에 선수들이 고개를 끄덕였다.

다시 후반전이 시작되었다. 셀틱은 라이프치히가 안정적인 경기 운영을 할 거라 판단, 좀 더 강한 압박을 취하기 시작했다.

하지만 그건 오산이었다.

라이프치히는 굶주린 들짐승이었다.

그들은 더 많은 골을 원했으며, 더욱 탐욕스럽게 셀틱의 골문을 노렸다.

―고오올! 먼 거리에서 강렬한 슛을 작렬시키는 마르셀 자비처! 환상적인 골입니다!

—오늘 아주 라이프치히 공격진들의 폼이 좋군요!

골을 넣은 자비처가 팬들의 앞에 달려가 셀레브레이션을 펼쳤다. 최근 유행하는 춤이었는지 다른 선수들도 달려와 함께 춤을 추었다.

네 번째 골이 기점이었는지 셀틱 선수들의 의지도 많이 꺾인 모습이 보였다.

이후 교체로 들어온 오귀스탱이 의욕을 잃은 셀틱의 수비진들을 상대로 골을 하나 추가시키며 경기가 끝났다.

5 : 0.

환상적인 경기에 팬들은 웃으며 집에 돌아가게 되었다. 이제 마지막 경기를 기다리며.

「[키커] 굶주린 라이프치히! 셀틱을 대파하다!」

「[리버풀 에코] 파라오의 멀티골! 바르셀로나와 무승부를 기록한 리버풀!」

한편 리버풀은 바르셀로나를 상대로 다시 한번 무승부를 기록했다. 이래저래 무승부가 많이 나오는 B조였다.

바르셀로나 9점.

라이프치히 8점.

리버풀 7점.

셀틱 1점.

놀랍게도 상위 세 팀 간의 승점 차이는 1점밖에 나지 않았다.

셀틱을 꺾은 라이프치히는 다시 2위에 올라섰지만, 최종적인 결과는 마지막 리버풀과의 경기에서 판가름이 날 것이다.

바르셀로나 역시 마찬가지였다.

혹여 셀틱에게 비기거나 패배한다면, 2위로 밀려날 수 있었으니까.

챔피언스 리그 조별 예선의 순위는 꽤나 중요한 점이기도 했다.

16강 추첨을 할 때 다른 조의 1위와 2위를 붙이는 만큼, 더욱 상대하기 쉽거나 어려운 팀을 만날 수 있기 때문.

「[키커] 원지석, 반드시 이긴다」

「[리버풀 에코] 클롭, 준비는 끝났다」

본선 진출을 위해 양 팀의 감독들은 각오를 다졌다. 꿈의 무대가 코앞이다. 여기서 쫓겨나고 싶지는 않다.

챔피언스리그에서의 활약은 곧 클럽의 위상을 말하는 거나 다름없었다.

슈퍼스타들 중에는 돈이 아닌 클럽의 위상을 보는 경우가 있는데, 챔피언스리그는 필수 불가결의 요소였다.

돈, 위상, 미래.

어느 하나 놓쳐선 안 되는 것들.

그들은 그것들을 놓치지 않기 위해 필사적으로 싸울 것이다.

「[키커] 라이프치히, 호펜하임을 꺾다!」

「[리버풀 에코] 맨 시티를 이긴 리버풀!」

양 팀 모두 EPL과 분데스리가에서 좋은 퍼포먼스를 보여주고 있다는 것도 주목할 점이었다.

특히 그들의 주포인 베르너와 살라는 계속해서 골을 넣으며 마지막에 있을 경기의 또 다른 포인트가 되었다.

리버풀 선수들이 RB아레나에 입장했다.

이미 경기장은 관중들로 가득 찼으며 그들의 응원 소리는 끊이질 않았다.

황소는 멈추질 않는다!

경기장을 쩌렁쩌렁 울리는 그 응원은 리버풀의 라커 룸에도, 라이프치히의 라커 룸에도 똑똑히 전해졌다.

"들리냐?"

라이프치히의 라커 룸은 고요했다.

그런 상황에 원지석이 뱉는 말은 그들의 귓가를 크게 자극했다.

"너희들을 위한 소리다."

쓰읍 하며 입술 사이로 샌 숨.

이미 전술 지시는 끝냈다.

남은 건 저들의 응원에 보답하는 일일 뿐.

"가자."

—양 팀의 선수들이 터널을 지나며 입장합니다.

—리버풀 같은 경우는 지난번과 큰 차이가 없지만, 라이프치히는 조금 다릅니다.

카메라가 터널을 지나는 라이프치히의 선수들 중 한 명의 얼굴을 잡았다.

그는 벨미르였다.

사람들의 예상을 깨고 이 성격 나쁜 유망주가 선발 라인업에 이름을 올린 것이다.

양 팀의 라인업이 발표되었다.

리버풀의 수비진은 로버트슨, 마티프, 반 다이크, 클라인이 포백을 구축하며 골문을 지켰다.

중앙에는 랄라나, 케이타, 헨더슨이.

최전방 역시 마네, 피르미누, 살라의 쓰리톱이 그대로 나오며 공격 의지를 불태웠다.

—라이프치히의 선발 명단입니다. 지난번과는 조금 다른데, 4141의 포메이션을 꺼냈군요?

—공격수를 하나 빼며 미드필더를 넣은 만큼 안정적인 경기를 취하겠다는 걸까요?

이에 맞서는 라이프치히의 포백은 브레노, 우파메카노, 히메네스, 베르나르두가.

중앙에는 포르스베리, 세리, 벨미르, 자비처가.

그 뒤를 수비형미드필더인 뎀메가 받쳤다.

최전방에는 베르너 혼자만이 서며 원톱을 꾸렸다.

"야!"

터치라인에서 감독과 이야기를 나누고, 자신의 자리로 가던 케이타가 그 소리에 고개를 돌렸다.

그를 부르는 소리가 맞았는지 벨미르가 삿대질을 하는 중이었다.

"그래, 너!"

"뭐야?"

"아니, 잘해보자고."

여러 가지 의미로.

그렇게 말한 벨미르가 이를 드러내며 웃었다.

오늘 그의 역할은 수비적인 중앙미드필더지만, 사실 따로 받은 특명이 있었다.

"이 좆만아."

뎀메는 하지 못하는 그것.

바로 상대 선수의 멘탈을 흔드는 거였다.

*　　　　*　　　　*

삐이익!

경기가 시작되었다.

리버풀은 원정경기임에도 소극적인 경기 운영을 하지 않았다. 오히려 라인을 높이 올리며 라이프치히를 적극적으로 압박했다.

이유는 간단했다.

현재 그들의 승점 차이는 1점.

그것도 리버풀이 3위로 뒤처지고 있기에 반드시 승리해야 할 경기였다.

—케이타를 계속해서 압박하는 벨미르!

—오늘 저 둘이 맞붙는 장면이 자주 나오는군요!

벨미르의 거친 압박에 케이타가 짜증을 냈다. 이 양의 탈을 뒤집어쓴 늑대는 오늘 경기 내내 그를 집요하게 따라다녔다.

거기다 이 짜증 나는 녀석은 심판의 눈치를 볼 줄 알았다. 보는 케이타가 기가 막힐 정도로.

녀석의 거친 플레이에 심판은 주저 없이 휘슬을 불며 파울을 선언했다. 그러나 몇 번의 파울 이후에는 점점 휘슬 소리가 들리지 않았다.

이내 심판이 고개를 갸웃거릴 정도로 플레이에 변화를 주었기 때문이다. 당하는 입장에선 환장할 노릇이었지만.

더욱이 짜증 나는 것은.

저 멈추지 않는 주둥이였다.

"그거 알아?"

'몰라, 이 개새끼야.'

끈적거리게 달라붙은 벨미르가 물었다.

생각 같아선 욕을 내뱉고 싶었지만, 이미 상대를 하지 않는 게 답이란 걸 깨달은 케이타였다. 물론 녀석은 상관없다는 듯 계속해서 속삭였다.

"내가 며칠 전 라이프치히 사람들에게 물어봤지. 너랑 세리둘 중 누가 더 잘하냐고. 그들이 뭐라고 했을 거 같아?"

"주둥이 닥쳐."

멘탈을 박박 긁어대는 저 속삭임에 결국 케이타가 날카롭게 대꾸했다. 그만큼 민감한 사항이기도 했다.

라이프치히 시절 그는 팀의 재계약 제의를 계속해서 거절하며 떠날 의사를 밝혔다.

결국 이적을 불허하던 보드진의 뜻을 돌렸지만, 그렇다고 해서 동료들과의 사이가 나쁜 건 아니다. 남은 시즌 동안 팀을 위해 최선을 다했기 때문이다.

그랬기에 그 말은 그들의 사이를 이간질하려는 저질적인 행위였다.

하지만 벨미르는 그 날카로운 반응이 좋다는 듯 이를 드러내며 웃었다.

"역시 궁금했구나. 말해줄까?"

그 답은.

케이타의 시선이 자기도 모르게 그 달싹거리는 입으로 향했다.

무언가를 중얼거리던 벨미르가 갑자기 입을 다물며 케이타에게서 벗어났다. 동시에 이쪽으로 오던 패스를 끊어내는 게 아닌가.

"나중에 알려줄게!"

"야, 너 뭐 해!"

아직 정신을 차리지 못한 케이타를 향해 소리치는 사람이 있었다. 패스를 보냈던 랄라나였다.

그제야 정신을 차린 케이타가 눈을 크게 뜨며 벨미르의 뒤를 쫓았다.

"너, 뭐 했냐?"

"그게 중요해? 달려!"

벨미르가 소리를 지르며 선수들을 앞으로 보냈다. 자비처가 고개를 갸웃거리면서도 일단은 그 말처럼 공격 루트를 뚫기 위해 측면으로 벌렸다.

본래 벨미르의 포지션은 수비형미드필더지만, 중앙으로 올라설 때는 수비적인 박스 투 박스 형태의 미드필더로 뛰었다.

케이타를 비롯한 리버풀의 중원을 적극적으로 압박하면서도, 가끔씩은 이렇게 직접 공을 몰고 나아가기도 했다.

—페널티에어리어 앞까지 달린 벨미르가 측면으로 공을 보냅니다!

—공을 받는 자비처! 조금씩 안쪽으로 들어가려는 자비처!

자비처가 슬슬 수비 라인을 타며 올라가자 리버풀의 수비수들이 자리를 잡으며 틈을 내주지 않았다.

그중에서도 리버풀의 왼쪽 풀백인 로버트슨은 헌신적인 수비로 자비처를 계속해서 따라다녔다. 모레노와의 주전 경쟁을 이기게 해준 그의 장점이었다.

결국 공을 빼앗기기 전에 다시 벨미르에게 공을 돌린 자비처가 수비 라인을 타고 달렸다.

—공을 줄 곳을 찾는 벨미르입니다.

—자비처 말고도 수비 사이를 서성거리는 베르너의 모습이 보이는군요?

리버풀의 선수들은 2 : 1패스를 예상하며 자비처를 계속 마크했지만, 벨미르의 선택은 자비처가 아닌 세리였다.

그는 자신의 패스가 세리보다 떨어진다는 걸 안다. 그랬기에 망설이지 않고 공을 넘길 수 있었다.

쾅!

세리의 패스가 왼쪽 측면으로 뻗었다.

공을 받을 사람은 누구인가.

순간 사람들이 포르스베리를 찾았지만, 그는 오히려 뒤쪽에서 지켜보는 상황.

'뭐지?'

누군가 그런 생각을 할 때.

공을 향해 달려가는 사람이 있었다.

라이프치히의 왼쪽 풀백인 브레노였다.

한쪽 발을 들며 높게 점프한 그가 기어코 공을 받아낸 것이다. 엄청난 주력이었고, 좋은 터치였다.

안쪽으로 구르는 공을 그대로 치고 달리는 브레노를 보며 리버풀의 수비진도 다시 진형을 갖췄다.

브레노의 위치상 오프사이드트랩은 사실상 의미가 없다. 그랬기에 다른 리버풀 선수들도 수비에 가담하며 혹시 모를 위기에 대처했다.

—그 앞을 클라인이 기다립니다! 오늘 경기에서 자주 보게 되는 풀백들끼리의 싸움!

—브레노 선수가 측면공격수처럼 공격에 가담하기 때문에 더욱 익숙한 장면이군요.

리버풀의 오른쪽 풀백인 클라인은 수비에서 강점을 보이는 수비수였다.

비록 공격적인 능력이 부족하다며 비판을 받지만, 뛰어난 측면공격수들을 막는 데에는 효과적이었다.

그 점을 브레노 역시 들었기에 무리한 돌파를 시도하진 않았다. 대신 자기보다 위험한 패스를 뿌리는 사람에게 공을 돌렸다.

—뒤로 흘려진 공을 포르스베리가 잡습니다!

—그대로 공을 띄우는 포르스베리! 아아! 아아아!! 베르너의 헤디이이잉!

쾅!

강한 패스가 페널티에어리어를 향했고, 냄새를 맡은 베르너가 속도를 올리며 날아올랐다.

뒤늦게 반 다이크가 뒤에서 헤딩을 시도했지만 살짝 늦었다. 공은 이미 방향이 꺾이며 골문을 향하고 있었으니까.

리버풀의 골키퍼인 카리우스가 공을 막기 위해 몸을 날렸다.

하지만 바닥에 먼저 떨어진 공이 한 번 튕기며 손끝을 스쳤고, 그대로 골라인을 넘으며 골 망을 살짝 흔들었다.

와아아!

골과 함께 엄청난 환호성이 터졌다.

쓰러지기 전에 두 손으로 버티며 착지한 베르너가 몸을 일으키며 관중석을 향해 뛰어갔다.

베르너가 홈 팬들에게 달려가 셀레브레이션을 하자 다른 선수들도 그 뒤를 좇았다.

특히 전과는 다른 점이 있었는데, 바로 벨미르가 그들의 사이에 끼며 셀레브레이션을 함께 즐긴 것이다.

"더 소리 질러! 더 크게!"

와아아!

벨미르가 어퍼컷을 하듯 관중들의 호응을 유도했다.

처음엔 그런 행동을 부끄러워하던 녀석이 갑작스럽게 변한 것은 아니다. 원인은 감독인 원지석의 요구였다.

원지석은 따로 노는 벨미르에게 함께할 것을 요구했고, 어색해하던 녀석은 오래 걸리지 않아 누구보다 열정적으로 셀레브레이션을 즐겼다.

확실히 나쁜 선택은 아니었다.

동료들도 점차 녀석과 친해지기 시작했으니까.

—하하, 벨미르 선수의 행동에 관중들이 엄청난 반응을 보여주는군요!

"잘하네."

터치라인에서 그 모습을 보던 원지석이 피식 웃음을 터뜨렸다. 원래 관중들의 호응을 더 끌어올리는 건 그가 하던 일이었다.

오늘 벨미르는 본인에게 주어진 역할을 착실히 하는 중이었다.

케이타의 다혈질적인 성격은 유명한 편이었다.

거친 태클도 망설이지 않는 편이었고.

굳이 그를 경험했던 선수들이나 코치들에게 묻지 않아도, 지금까지 카드를 수집할 때의 장면을 보면 쉽게 알 수 있었다.

원지석은 그런 케이타를 자극하도록 벨미르를 보냈다. 솔직히 말해 벨미르 같은 돌아이는 원지석도 자주 경험하지 못할 정도였다.

“아까 말을 하다 말았지? 솔직히 말해 세리가 더 낫다는 거 같은데, 네 의견은 어때. 나는 좀…….”

“닥쳐, 새끼야!”

봐라.

지금도 저렇게 속을 벅벅 긁고 있지 않은가.

케이타는 리버풀 중원의 핵심이라 할 수 있는 선수다.

많은 활동량으로 수비에 도움을 주고, 공격에 가담할 때엔 미드필더진과 공격진의 사이를 이어주는 매개체가 되어준다.

그런 선수의 멘탈이 흔들릴수록 리버풀의 플레이 역시 흔들렸다.

“정신 똑바로 차려!”

클롭이 매우 화가 난 얼굴로 케이타에게 소리쳤다. 저런 애송이의 혓바닥에 팀 전체가 흔들린다는 게 매우 불쾌했기 때문이다.

그제야 케이타도 크게 숨을 쉬며 마음을 진정시켰다.

그가 벨미르를 노려보자, 눈이 마주친 녀석이 한쪽 눈을 찡긋거렸다.

'이 새끼가.'

케이타의 어깨가 부르르 떨렸다.

적어도 지금 바로 화가 풀릴 거 같지는 않았다.

경기는 계속 진행되었다.

한 골을 먹힌 이후로 리버풀은 거세게 라이프치히의 골문을 두드렸다.

그 선봉장은 당연히 리버풀의 측면공격수들이었다.

마네와 살라는 모두 매우 빠른 발을 가진 윙어들이지만 그 플레이 스타일은 살짝 다른 편이다.

마네가 본인의 피지컬을 이용해 공격을 풀어가는 윙어라면, 살라는 공이 없을 때의 움직임, 즉 오프 더 볼과 툭툭 치는 발재간으로 공격을 풀어간다.

그리고 그들을 이어주는 윤활제로는 피르미누가 있었다.

—피르미누가 중원까지 내려와 수비에 가담합니다!

—세리가 패스를 할 타이밍을 놓쳤어요! 강한 압박에 고생을 면치 못하네요.

피르미누는 클롭 전술의 핵심인 강한 압박과 빠른 역습을 실천하는 선수였다.

공격수임에도 웬만한 미드필더들보다 더 많은 태클을 기록했고, 이는 빠른 역습의 시발점이 된다.

결국 세리에게서 공을 빼어내는 데 성공한 피르미누가 그대로 라이프치히의 골문을 향해 달렸다.

수비형미드필더인 뎀메와의 몸싸움을 이겨낸 그가 오른쪽 측면으로 스루패스를 찔렀다.

—측면에서 들어온 살라가 페널티에어리어 바깥에서 드리블을 합니다! 그대로 슈우웃!

—살라아아아!

살라가 페널티에어리어 바깥에서 왼발로 강한 슈팅을 감아올렸다.

그 궤적을 보며 아름답다고 느낄 사람도 있을 것이다. 공을 막는 굴라치에겐 최악이었지만.

"시바아알!"

굴라치가 필사적으로 몸을 날렸지만 끝내 닿지 못했다. 결국 구석으로 빨려 들어간 공이 골 망을 출렁였다.

—고오오올! 안필드의 파라오가 동점골을 뽑아냅니다!

—하지만 리버풀이 본선에 진출하기 위해선 한 골이 더 필요한 상황!

이대로 비겨봤자 결국 제자리걸음일 뿐이었다. 그걸 리버풀 선수들도 알기에 그들은 필사적으로 슈팅을 퍼부었다.

라이프치히는 그런 점을 이용하기 위해 중원을 두텁게 했다.

포르스베리와 자비처까지 중원 싸움에 가담하니 사실상 중원에 다섯 명의 미드필더가 끼어든 것이다.

수적 우위에서 앞선 라이프치히는 안정적으로 경기를 풀어갔다. 때로는 포르스베리와 자비처가 공격에 가담할 때도 있지만, 그들의 중원은 쉽사리 무너지지 않았다.

삐이익!

그렇게 전반전이 끝났다.

라커 룸에 돌아온 라이프치히 선수들은 물을 마시며 얼굴을 흠뻑 적신 땀을 닦아냈다.

힘든 싸움인 건 그들 역시 마찬가지였다.

이제 여기서 작은 실수 하나가 승부를 결정짓는 요인이 될 수 있기에 모두 민감한 상황.

"지금까지는 나쁘지 않았다. 하지만 좋다고 하기엔 부족했어."

벽에 등을 기댄 원지석이 자신을 보는 선수들에게 입을 열었다. 어차피 여기서 골이 멈출 거라곤 생각되지 않았다. 그도, 클롭도.

"조금 더 놀아보자."

원지석이 전술 보드에 붙어 있는 자석 하나를 떼었다. 그 자석에는 누군가의 이름이 써져 있었다.

"목줄을 풀어줄 테니 마음껏 날뛰어보라고."

그 말과 함께 자석이 날아갔다.

그것을 잡아챈 벨미르는 자석에 쓰여 있는 본인의 이름을 확인하곤 환하게 웃었다.

"멋지잖아, 당신."

미친개의 목줄이 풀렸다.

* * *

선수들이 그라운드로 돌아왔다.

그들은 무표정한 얼굴로 심판의 휘슬을 기다렸다.

"준비됐어?"

자비처가 옆에서 몸을 풀고 있는 벨미르에게 물었다.

알게 모르게 신경을 써주는 사람 중 하나였기에, 녀석은 짜증 대신 조용히 고개를 끄덕였다. 그리고는 상대 팀 선수들을 보며 씨익 웃었다.

"물론."

먹잇감을 발견한 짐승처럼 자신감이 넘치는 미소였다.

삐이익!

휘슬이 울리며 후반전이 시작되었다.

양 팀 모두 라커 룸에서 새로운 구상을 짰을 것이다.

라이프치히는 벨미르를 중심으로 변화를 주었고, 이 유망주에겐 딱히 어렵지 않은 일이었다.

"밥 먹고 항상 이것만 했는데."

그렇게 중얼거린 벨미르가 뛰었다.

항상 훈련장에서 신물이 올라올 때까지 하던 게 아닌가. 이번에도 다를 건 없었다.

—벨미르 선수가 중앙에서 벗어나 측면으로 빠지는군요?

중계진도 그런 벨미르의 움직임을 눈치챘는지 의문을 표했다.

전반전 동안 케이타의 옆을 그림자처럼 따라다녔으니 당연한 의문일지도 몰랐다.

"저 새끼, 뭐야?"

후반전을 각오했던 케이타도 막상 벨미르의 모습이 보이지 않자 이상하다는 듯 중얼거렸다. 어찌 됐든 꼴 보기 싫었던 놈이 사라졌으니 굉장히 홀가분한 기분이었다.

그러는 사이 라이프치히의 롱패스를 반 다이크가 헤딩으로 걷어내며 리버풀의 역습이 시작되었다.

—떨어진 공을 헨더슨이 받습니다!

—그와 동시에 빠른 역습을 시도하는 리버풀의 선수들!

헨더슨이 공을 잡자마자 다른 선수들이 상대 팀 쪽을 향해 뛰기 시작했다.

최근엔 수비형미드필더로 포지션을 바꾼 헨더슨은 직접 공격에 가담하는 대신 긴 패스를 보냈다.

—중앙을 향해 찔러지는 패스!

—공을 향해 달려가는 포르스베리와 랄라나! 아!

먼저 공을 터치한 사람은 랄라나였다.

스루패스를 향해 달리던 그가 공을 툭 건드는 터치로 방향을 바꾸었고, 몸을 돌리는 턴 동작으로 포르스베리의 압박에서 벗어났다.

—랄라나의 환상적인 탈압박! 계속 공을 몰고 달려갑니다!

이어지는 세리의 압박에 랄라나가 잠시 드리블을 멈추었다.
앞에는 공간 압박을 하는 세리.
뒤에는 다시 달려오는 포르스베리가 보였다.
잠시 고민하던 랄라나가 무언가를 발견했는지 눈에 이채를 띠었다. 그러고는 주저 없이 측면으로 공을 띄웠다.

—빠르게 달려가는 살라! 오늘 동점골을 기록한 그가 다시 한번 질주합니다!

공을 받은 사람은 살라였다.
좋은 위치 선정으로 브레노를 따돌린 그가 안쪽 발로 공을 받아냈고, 곧바로 페널티에어리어를 향해 드리블을 시작했다.
하지만 그의 드리블은 얼마 가지 못해 멈춰 서고 말았다. 누군가가 그 앞을 막아섰기 때문이다.
"안녕? 반가워."
방긋방긋 웃으며.
순진한 얼굴이 인상적인 선수.
벨미르였다.
다만 겉모습과는 달리 그 안이 시커멓다는 걸 살라는 잘 알고 있었다. 전반전 동안 시달린 케이타가 라커 룸에서 노이로제 비슷한 반응을 보일 정도였으니까.

케이타를 두고 어디를 갔나 했더니, 더욱 아래쪽으로 내려와 수비를 돕는 모양이었다.

"나한테 와도 되겠어? 후회할 텐데."

피식 웃던 살라가 순간적으로 속도를 올렸다.

그 혓바닥이 간악하다 해도 결국 듣지 않으면 그만이다. 그렇게 생각하며 페널티에어리어 안쪽으로 빠르게 몸을 접었다.

"읏!"

하지만 밑에서 뻗어온 발에 숨을 삼킨 그가 순간적으로 몸을 멈칫했다.

―벨미르의 환상적인 슬라이딩태클! 공만 정확히 빼내는데 성공합니다!

―자칫했으면 백태클이 될 상황이었지만, 망설임 없이 태클을 시도하는군요! 엄청난 멘탈이에요!

미끄러지듯 발을 넣은 벨미르가 슬라이딩태클로 공만 빼낸 것이다.

그러고는 공을 툭 차며 옆에 있던 수비수들에게 넘겼고, 그대로 라이프치히의 역습이 시작되었다.

"여기 있어도 되겠냐고?"

몸을 일으킨 벨미르가 입술을 씰룩거리며 입을 열었다.

"내가 있을 곳은 내가 정해, 새끼야."

침을 퉤 뱉은 벨미르가 떠났다. 살라는 그 뒷모습을 멍하니 보다 헛웃음을 터뜨렸다.

"미친놈 아냐, 저거."

이후에도 벨미르는 경기장 이곳저곳을 자유롭게 누비며 리버풀의 공격을 막는 데 큰 도움을 주었다.

사실상 모든 수비 구역을 프리 롤로 돌아다니는 중이라 봐도 좋을 터였다.

그중에서도 좌우 측면을 활발히 움직이며 리버풀의 측면공격수들을 막았는데, 주로 살라를 상대할 때가 많았다.

"그런데 너."

리버풀의 역습 상황.

치열한 중원 싸움과는 다르게 살라와 벨미르가 있는 공간은 마치 다른 세상처럼 동떨어진 느낌마저 들었다.

살라는 계속 무시했지만 벨미르는 끈질겼다. 지금처럼 옆에 착 달라붙어 입을 멈추지 않았다.

"첼시 시절엔 진짜 못했다며?"

순간적이지만 살라의 어깨가 움찔했다.

반응을 숨긴다고 숨겼지만.

그에게 첼시 시절은 기억하고 싶지 않은 시절이었다.

기대감을 안고 입성한 첼시 생활은 순탄치 않았다. 다른 때보다 2선 경쟁이 쉬운 데다, 기회를 받지 못한 것도 아니었기에 변명조차 할 수 없을 정도로.

결국 이탈리아 리그에서 본인의 잠재력을 끌어올리고 이후 EPL로 돌아와 최고의 선수 중 하나가 되었지만, 여전히 기억조차 하기 싫은 순간이었다.

순간 벨미르의 눈이 번쩍였다.

드디어 건수를 잡았다는 듯 녀석은 계속해서 그의 귓가에 속삭였다.

"얼마나 못했던지, 지금 터치라인에 있는 저 양반이 그때 맡았던 유소년 팀에서도 못 써먹을 수준이었다더라."

녀석이 턱짓으로 원지석을 가리켰다.

원지석은 두 명의 시선이 이쪽으로 향하자 영문을 모르겠다는 듯 고개를 갸웃거렸다.

물론 거짓말이다.

원지석은 그런 말을 한 적이 없었다.

"대체 얼마나 못한 거냐? 응?"

"입 좀 다물자, 새끼야."

"지금 그 표정, 좋은 얼굴이야."

대어가 미끼를 물자 벨미르가 함박웃음을 지었다.

지금 그들에게 진실은 중요하지 않았다. 상대방의 멘탈을 흔드는 트래시 토크에 그런 게 무슨 소용인가.

벨미르로선 상대 팀의 핵심 선수가 경기에 집중하지 못하면 그만이었다.

'되도 않는 수작질을.'

살라는 그 말이 거짓이란 걸 간파했다. 하지만 그럼에도 시선이 슬쩍 원지석을 향하는 건 불가항력이었다.

원지석이 첼시의 유소년 감독일 시절, 살라는 첼시의 벤치를 달구고 있었다.

1군 훈련에도 자주 모습을 비추는 그였기에 인사도 나누는 편이었다. 오늘 경기에서도 악수를 나누었고.

그가 그럴 사람이 아니란 걸 알고 있다. 그럼에도 옆에서 살살 간지럽히는 혓바닥 때문에 자꾸만 집중력이 흐트러졌다.

"시발, 라이프치히가 독을 풀었어."

경기를 지켜보던 클롭이 짜증 난다는 듯 물병을 집어 던졌다.

독? 그 정도가 아니다.

그라운드 이곳저곳을 누비며 멘탈을 흔드는 저건 전염병에 가까웠다.

하지만 벨미르의 도발은 어느 정도 선을 지켰기에 뭐라 할 수도 없는 처지였다.

만약 녀석의 말이 선을 넘었다면 선수들이 심판에게 말했을 것이다. 특히 인종차별 같은 경우엔 카드가 아닌 추가 징계까지 받을 테니까.

그러나 벨미르는 절대 피부색이나 가족을 들먹이지 않았다.

선수에 대한 도발은 선수 개인에 한해서. 이건 원지석의 지시가 아닌 벨미르 본인이 정한 선이었다.

원지석이 녀석을 천부적인 리더로 봤다면, 그를 상대하는 감독들은 달랐다.

천부적인 도발꾼.

세 치 혀로 어떻게든 상대 선수를 흔드는 걸 보면 기가 막힐 정도였다.

—다시 한번 깔끔하게 공을 빼내는 벨미르 노바코비치!

—좋은 태클이었습니다! 아주 좋은 판단이었어요!

물론 주둥이만 살았다면 골치 아플 일은 없었겠지만, 녀석은 주둥이에 걸맞은 실력을 가지고 있었다.

브레노와 함께 살라를 마크하던 장면이 백미였다.

살라가 공을 몰고 페널티에어리어를 침범했는데, 브레노에게 그 옆을 따라다니게 하며 본인은 슬쩍 공만 빼온 것이다.

원지석이 잘했다는 듯 박수를 치자 녀석은 별거 아니라며 손을 내젓는 모습이 보였다.

시간은 계속해서 흘렀다.

경기에 변화가 생긴 것은 그때쯤이었다.

—리버풀에서 선수교체를 알립니다.

—보다 공격적인 변화네요.

클롭은 오른쪽 풀백인 클라인을 빼며 유망주인 알렉산더 아놀드를 투입했다.

미드필더, 윙어, 풀백을 소화하는 멀티플레이어이며, 클라인보단 수비 능력이 떨어지는 대신 더 좋은 공격 재능을 갖추었다.

그리고 팀의 주장이자 수비형미드필더인 헨더슨이 빠지고 옥슬레이드 체임벌린이 들어왔다.

뛰어난 피지컬을 갖춘 그는 아놀드의 부족한 수비를 보완하고, 저돌적인 드리블로 라이프치히 진영을 뚫을 카드였다.

—체임벌린의 움직임에 따라 4231, 혹은 424의 포메이션으로 바뀌지 않을까 싶습니다.

사람들의 예측처럼 체임벌린은 저돌적인 드리블로 측면을 돌파하며 리버풀 공격의 새로운 옵션이 되었다.

하지만 좀처럼 슈팅 기회가 찾아오진 않았다. 이는 벨미르의 활약이 컸다.

그러던 중.

마침내 그 기회가 찾아왔다.

아놀드가 측면에서 길게 찔러준 스루패스를 랄라나가 원터치로 흘렸고, 이를 케이타가 받았다.

케이타는 날카로운 드리블로 라이프치히의 페널티에어리어 앞까지 다가갔다.

친정 팀이라도 지금 같은 상황에선 머리끄덩이를 잡아야 할 팀에 지나지 않는다.

—모든 선수들이 페널티에어리어에 자리를 잡은 라이프치히! 이제 시간이 얼마 남지 않았어요!

—케이타! 마땅히 줄 곳이 없네요! 아, 케이타의 슈우우웃!

결국 케이타가 슛을 날렸다.

낮게 깔아 찬 땅볼이 수비진들 사이로 흘렀다.

수비진들이 줄을 서 있는 건 골문을 지키던 굴라치 골키퍼에게 오히려 독으로 작용했다. 바로 옆으로 샌 공을 미처 알아채지 못했으니까.

골문 구석으로 흐르는 슈팅을 발견한 굴라치가 몸을 던졌지만 늦었다. 손을 뻗었을 때에는 이미 골라인을 넘어선 뒤였다.

—고, 고올! 친정 팀에게 비수를 꽂는 나비 케이타의 환상

적인 고오오올!

—이대로 경기가 끝난다면 리버풀의 챔피언스 리그 진출입니다!

RB아레나가 침묵에 빠졌다.

설마 경기가 끝나기까지 10분도 남지 않은 상황에 역전골이 터질 줄은 아무도 상상하지 못했고, 상상하기 싫은 장면이었다.

골을 넣은 케이타는 친정 팀에 대한 예우 대신 신나게 셀레브레이션을 즐겼다. 오늘 경기 내내 쌓였던 스트레스가 한 번에 풀리는 느낌이었다.

라이프치히의 선수들이 그 모습을 망연자실하며 보았다. 그때 그런 선수들을 일깨우는 소리가 들렸다.

"정신 차려!"

감독인 원지석이었다.

그가 매우 화난 얼굴로 실의에 빠져 있는 선수들에게 각성을 촉구했다.

"벌써 경기 끝났냐? 골을 먹히는 것보다 좆 같은 건 그딴 낯짝으로 고개를 숙이는 거야! 다 일어서, 새끼들아!"

"후우."

먼저 정신을 차린 사람은.

다른 누구도 아닌 벨미르였다.

녀석은 자기 머리를 긁적이며 자리로 돌아갔다. 그러면서도 중간중간 선수들에게 일어나라는 말도 빼먹지 않았다.

"이대로 질 거야?"

"…그럴 순 없지."

마지막으로 자비처를 일으켜 세울 쯤엔 리버풀의 셀레브레이션도 끝나 있었다.

남은 시간은 5분.

추가시간까지 생각하면 8분에서 9분 정도가 남았다.

"한 골이다, 한 골!"

원지석의 소리처럼.

그들에게 필요한 건 단 한 골이면 충분했다.

『스페셜 원: 가장 특별한 감독』 6권에 계속…